EL
PRÍNCIPE

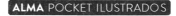

ALMA POCKET ILUSTRADOS

EL PRÍNCIPE

MAQUIAVELO

Ilustraciones de
Santiago Caruso

Edición revisada y actualizada

Título original: *Il principe*

© de esta edición:
Editorial Alma
Anders Producciones S.L., 2022
www.editorialalma.com

 @almaeditorial

© Traducción, prólogo y notas: Esteban Molist Pol
La presente edición se ha publicado con la autorización de Ediciones Omega, S. A.

© Ilustraciones: Santiago Caruso

Diseño de la colección: lookatcia.com
Diseño de cubierta: lookatcia.com
Maquetación y revisión: LocTeam

ISBN: 978-84-18933-22-6
Depósito legal: B5874-2022

Impreso en España
Printed in Spain

Este libro contiene papel de color natural de alta calidad que no amarillea (deterioro por oxidación) con el paso del tiempo y proviene de bosques gestionados de manera sostenible.

ÍNDICE

NICOLÁS MAQUIAVELO, INSTRUCTOR DE PRÍNCIPES

Éste es el retrato que, de Maquiavelo, nos hace Villari: «Era de mediana estatura, enjuto, de ojos muy vivos, cabellos oscuros, nariz ligeramente aquilina, labios finos y apretados; todo en él daba la impresión de un agudo pensador, pero no la de un hombre de autoridad que se impone a los otros. No podía liberarse fácilmente de los sarcasmos que de continuo afluían a sus labios y relampagueaban en sus ojos, y que le daban la apariencia de un espíritu calculador e impasible. Sin embargo, la fantasía ejercía sobre él un gran poder. Fácilmente lo dominaba y, a veces, lo transportaba hasta el punto de hacerle parecer, por modo inesperado, un visionario».

Imaginémoslo, en este momento, retirado en su casa de San Casciano, desengañado de los hombres de su tiempo, temeroso por su suerte, escudriñando los secretos del éxito y del quehacer políticos en los textos antiguos... Su pluma se agita sobre el papel: surgen, primero, sus comentarios a Tito Livio, y después... *El príncipe;* es decir, este libro que ha de iniciarte, lector, en el significado real de las experiencias políticas ensayadas, en su medio y tiempo. Maquiavelo, de quien se ha dicho que alcanzó a desvelar cierto trasfondo demoniaco de la política, prueba, con su vivir, cuán distinto suele ser el pensamiento de la vida, la abstracción teórica de la acción práctica. Teórico del realismo, del éxito político, su carrera política es un completo fracaso. Sus procesos y, sobre todo, su retiro a San Casciano son la mejor prueba de ello.

La aparición de Maquiavelo tiene lugar en una de las épocas de mayor turbulencia que registra el Renacimiento italiano, al punto de que, en cierto modo, podemos afirmar que sus mismos escritos políticos son hijos de tales acontecimientos de los que, sin embargo, extrae agudas observaciones y no menos útiles lecciones de pragmatismo político. Burnham podrá afirmar que, en la época de Maquiavelo, Italia —tal como había sucedido desde la disolución del Imperio romano— estaba dividida en estados, semi-estados y provincias, en todas las cuales existía una gran inquietud política. Al sur existía el reino de Nápoles, con su organización feudal; en el centro, los fluctuantes Estados Pontificios, en los que repercutían todas las intrigas europeas; el norte estaba subordinado a ciudades independientes como Milán, Florencia, Venecia, Génova, Ferrara y Bolonia. Las tres primeras eran las más poderosas.

Esta división dejaba a Italia totalmente indefensa, de manera que, gracias a ella, fueron posibles y frecuentes las invasiones que tuvo que sufrir. Se daba el caso de que, siempre, los invasores eran distintos. Por dicha causa, tales ciudades-estado hicieron de Italia algo así como el centro de la política europea durante los siglos xiv y xv, y ejercieron su poderío e influencia máximos durante todo el periodo en que tuvieron predominio las condiciones agrícolas y feudales de la vida social y política, de forma que las mismas condiciones o factores que determinaron su encumbramiento llevaron esas ciudades a su ruina en pleno siglo xiv. ¿Cuáles fueron las causas? El comercio —que tanto había influido en su ascensión y que de manera tan notable había sido estimulado por dichas ciudades-estado— llegó a alcanzar tales proporciones que escapó a su control; pues, como es notorio, a finales del siglo xv los buques doblaban ya el cabo de Buena Esperanza en su rumbo hacia Oriente y cruzaban asimismo el Atlántico, por lo que el mercado de productos alcanzaba proporciones universales.

En ocasiones, las ciudades-estado, que tanto habían promovido la nueva economía, empezaron a estrangular su desarrollo, por el deseo de mantener unos privilegios locales que las nuevas condiciones en que se desenvolvía el mundo hacían imposible de mantener. Por ello los espíritus avisados empezaron a vislumbrar que únicamente el Estado-nación moderno era capaz de satisfacer las nuevas necesidades públicas. Sobre todo, tras la aparición de una nueva clase social representada por la alta burguesía. España, Inglaterra y Francia constituían, en aquellos momentos, un claro ejemplo para Italia. Ésta estaba emplazada a una lección definitiva: podía conservar su estructura política, lo que habría significado para ella un retroceso y un declive económico, o podía seguir los ejemplos concretos de Francia e Inglaterra y unificarse y organizarse como nación.

Maquiavelo comprendió el dilema y, en consecuencia, tomó su propia decisión. Su objetivo primordial e inmediato sería la unificación nacional de Italia (el último capítulo de *El príncipe* se titula «Exhortación para librar a Italia de los bárbaros», o sea, los extranjeros, y constituye un llamamiento para que surja el héroe que habrá de llevar a cabo la unificación del país). Llega también a la conclusión de que todas las naciones europeas se consolidaron mediante la acción de un príncipe o de una sucesión de ellos (si en otros países la monarquía había sido el cauce necesario para la construcción de la nación, esa forma de gobierno resultaba mucho más necesaria en Italia, ya que las divisiones políticas eran todavía más acentuadas en ese país).

En Maquiavelo encontramos, además, dice Luis A. Arocena, por vez primera elevado a estado de conciencia, a percepción juiciosa, el significado real de las experiencias políticas ensayadas en su medio y en su tiempo. Es el primer teórico de la política moderna. Quiso atenerse a la lección de los hechos y se propuso indagar en la verdadera naturaleza de la política, descubrir en la intimidad de sus fenómenos los resortes determinantes de la acción. Gracias a las circunstancias de su tiempo, estaba autorizado a pensar que en la constitución, el desarrollo y la preservación de los Estados modernos cuentan ciertos factores que operan como fuerzas inmanentes y necesarias del proceso político. Y, justamente, advertir que las conexiones causales se dan en la esfera de la política según una legalidad propia permitió a Maquiavelo profesar la convicción de que a la problemática del Estado le conviene una estimación no comprometida con las normas que constituyen el orbe moral o con las exigencias de la conciencia religiosa. Divorcia la política de la ética.

Nicolás Maquiavelo nació el 3 de mayo de 1469 en Florencia. Fue su padre Bernardo di Niccolò Machiavelli, jurisconsulto de cierto prestigio y tesorero de la marca de Ancona. Tras la batalla de Monti Aperte, acusado de güelfo, tuvo que huir de Florencia. Su madre se llamaba Bartolomea dei Nelli y se mostró, según dicen, gran aficionada a las letras y a las artes. Descendía de vieja estirpe florentina y fue, al parecer, mujer muy bella. Sin grandes recursos económicos, el matrimonio tuvo cuatro hijos: Tottò, Niccolò, Primerana y Ginevra. Nuestro autor fue, por tanto, el segundo.

Continúan hoy en las tinieblas sus años de niñez y adolescencia. Mas una cosa es segura: a los treinta años, el día 8 de mayo de 1498, no se recata de expresar ya sus opiniones políticas, en una carta que dirige a su íntimo amigo Ricardo Bechi y en la que, a propósito de Savonarola, afirma que no puede sentirse contagiado por la patética emoción que sabía suscitar en su auditorio, ni tampoco podía juzgar con simpatía la causa del reformador.

Por otra parte, Maquiavelo efectúa su entrada en lo que habrá de constituir su profesión, o sea la política y el servicio de la ciudad-estado, por pura casualidad, a los pocos días de haber sido arrojadas al Arno las cenizas de Savonarola. El día 15 de junio de 1498, el Consigli degli Ottanta incluye el nombre de Nicolás Maquiavelo entre los de los candidatos para ocupar un cargo en la secretaría de la Signoria. Cuatro días después es designado por el Consigilio Magiore y, al ratificar este nombramiento el 14 de julio del mismo año, la Signoria lo destina, primero, como secretario de Marcello Virgilio Adriani y, un año después, siendo ya segundo canciller el confaloniero Pietro Soderini, a servir como secretario de los Dieci di Libertá e Pace, es decir, el cuerpo de magistrados encargado de los problemas de la guerra y de las relaciones exteriores.

De todas maneras, el puesto asignado era muy modesto, y la remuneración, no muy espléndida. Maquiavelo desempeñó, no obstante, sus tareas con diligencia y eficacia ejemplares. Alcanzó así el afecto de sus subordinados y la confianza de sus jefes. Conservó este cargo hasta el año 1512, fecha de la caída de la república y del regreso de los Médicis. Atendía a la correspondencia, redactaba minutas de tratados, instrucciones para los embajadores e informes especiales, registraba las deliberaciones de los Dieci y desempeñaba misiones oficiales o confidenciales, tanto en el interior como en el exterior. Se le encomendaron numerosísimas legaciones durante los quince años que trabajó al servicio de la Signoria.

Su primera lección de política práctica la recibió al ser instruido para desempeñar su también primera misión: fue ante Jacopo d'Appiano y se le instruyó para que disimulara su juego, halagara la vanidad del condotiero y le manifestara la buena voluntad de la república mediante el uso de frases hermosas «pero vagas y generales, de suerte que no comprometan a nada». Aquí debería empezar su necesidad de no decir ni sí ni no y de estudiar los problemas políticos, en relación con el comportamiento humano, desde un punto de vista científico u objetivo.

Y aquí, igualmente, tuvieron origen también sus primeros trabajos de alguna significación política. Sabemos que, entre otras muchas, realizó misiones cerca de Catalina Sforza, Luis XII de Francia, César Borgia, Alejandro VI y Julio II. Pero realizó estos primeros ensayos con misiones menores. De tal época es, por ejemplo, el informe sobre las medidas que debían tomarse en relación con el conflicto con Pisa. Muy importante, en su formación política, es su contacto con César Borgia.

En esta época escribe sobre cuestiones políticas y traba conocimiento con el duque de Valentinois, confaloniero y capitán general del papado, quien en aquellos días está empeñado en la conquista de un principado en Italia para sí. En 1502 visita por dos veces, una en Urbino y otra en Imola, la corte de César Borgia, y en tales entrevistas Maquiavelo cobra conciencia de las capacidades y limitaciones del duque. Villari nos lo dice gráficamente:

> Inexperto en cuanto a la vida práctica e inclinado por naturaleza más a escrutar y comprender que a obrar, se encontró frente a un hombre que no hablaba, actuaba; que no discutía, sino que apuntaba con un gesto, un acto, su pensamiento, que era ya resolución tomada o exigida. Sintiendo toda la superioridad de su inteligencia sobre el duque, experimentaba a la vez su inferioridad como hombre de acción y advertía cuán

poco contaban, en medio del estallido de las pasiones y de las exigencias reales de la vida, la demasiada ponderación y el mucho reflexionar.

Durante su estancia en la corte ducal, Nicolás Maquiavelo tomó buena nota de todo, sacando las oportunas deducciones y consecuencias de cuanto veía y oía, y así pudo comunicar extensamente sus impresiones a la Signoria, advirtiendo el sistema de gobierno del duque a la vez que su administración de justicia; pudo ver, también, cuán rudamente castigaba a sus enemigos y ofensores, al presenciar el ajusticiamiento del lugarteniente de César Borgia en la Romaña y la tragedia de Sinigaglia, de la que mandó una versión a la Signoria. Asistió, asimismo, al desenlace del poder del duque, puesto que se encontraba en Roma, como legado, cuando el cardenal Giuliano della Rovere fue elegido papa. Enemigo irreductible de los Borgia, resultó elegido incluso con el apoyo de César, a quien se había ganado con grandes promesas que luego no fueron cumplidas.

De su trato con el duque de Valentinois, Maquiavelo no sólo alcanzó una mayor estimación de sí mismo, en contraste con la personalidad del Borgia, sino que además cimentó la idea original y sustantiva de su teoría política.

> Junto a Valentinois —explica Villari— surge y se formula con claridad en su mente el pensamiento que luego debía ocupar toda su vida: la posibilidad de *una ciencia del Estado, separada e independiente de toda consideración moral.* En tal consideración, comenzó él a ver el único medio para concebirla claramente y fundarla sobre una nueva base.

Además, durante aquella época de su vida, Maquiavelo redacta un discurso sobre la necesidad de allegar fondos para la defensa de Florencia. Se trata de un discurso en el que apuntan ya muchas de sus futuras convicciones políticas: comprende que la fuerza y la prudencia son los dos nervios de todos los señoríos que han sido y serán en el mundo. En los años 1504 y 1505 Maquiavelo realiza numerosas misiones y trabajos especiales. Marcha a Francia, por segunda vez, para explorar la actitud de Luis XII. Negocia con los señores de Piombino, Perusa, Mantua y Siena, por cuenta de la Signoria.

Sostiene, con decisión, el proyecto de desviar las aguas del Arno, a fin de precipitar con ello la rendición de Pisa. Y, por último, la Signoria le confiere toda la autoridad en la tentativa suprema para acabar victoriosamente la larga guerra o disputa con Pisa.

Después de efectuada una intensísima y laboriosa preparación, Maquiavelo se lanza al ataque final. Fue en los primeros días de 1503. Pero, nuevamente, su tentativa fracasa por las dificultades que presenta el gobierno y mando de las bandas de mercenarios al servicio de Florencia, lo que hace brotar en su pensamiento la idea de reemplazar con milicias ciudadanas las costosas e ineficaces tropas mercenarias. Así, logra que, en el año 1506, Florencia instituya y organice una milicia popular. Se crea entonces una magistratura para encargarse de todo lo relacionado con la organización de las milicias, que se denomina Nove Ufficiali dell'Ordinanza e Milizia Fiorentina, para cuya secretaría es nombrado Maquiavelo. De todos modos, sigue desempeñando sus funciones diplomáticas, y así lo vemos ante el papa Julio II y ante el emperador Maximiliano en 1507 y principios de 1508, a fin de contrarrestar la amenaza de este monarca de emprender un viaje para su coronación a Italia. Y, además, de pacificar al país.

Hay que hacer notar que, en realidad, el embajador ante Maximiliano no fue Maquiavelo, sino Francesco Vettori. Maquiavelo fue un mero correo diplomático utilizado para llevarle al embajador acreditado ante el emperador una información complementaria. Fruto de este viaje fueron tres escritos en los cuales narra cuanto le ha impresionado en su viaje por Suiza, Trento, Bolzano e Innsbruck.

En el mes de junio de 1508, Maquiavelo regresa a Florencia, donde se le encarga que disponga, sobre el terreno, cuanto sea más conveniente para lanzarse a la conquista de Pisa: «Hemos puesto sobre tus espaldas —le dice la Signoria— toda la responsabilidad de la campaña.» En efecto, en mayo de 1509 los pisanos inician las negociaciones para entregar la ciudad a los florentinos, acordándose los términos de la rendición y abriéndose el día 8 de junio las puertas de la ciudad a las milicias de Florencia...

Es la hora del triunfo de Maquiavelo, mas los sucesos que por aquel tiempo estaban desarrollándose en Italia y que tanto habrían de contribuir a las convulsiones internas de Florencia menguan la gloria y el provecho personal que esta victoria podría suponer para Maquiavelo. En efecto, a consecuencia de la guerra entre Luis XII de Francia y la Santa Liga la situación de Florencia se tornó desesperada, pues no podía decidirse en favor de ninguno de sus antiguos amigos, convertidos ahora en contendientes, precisamente en el momento en que ambos le pedían una definición categórica. Se envía a Maquiavelo a Blois para que testimonie a Luis XII la amistad de los florentinos, y le pide que en manera alguna rompa abiertamente con el papa. Pero tuvo que aceptar la nominación de Pisa como sede del concilio contra el papa Julio II, lo que irritó en gran manera a éste, quien excomulgó a ambas ciudades. Tuvo que convencer a los cardenales enemigos de Julio II para que no se reunieran en concilio, volver a entrevistarse con Luis XII y, una vez hubo regresado a Florencia el día 2 de noviembre, trasladarse acto seguido a Pisa, donde se había reunido ya el concilio, con el encargo de obtener el traslado de la asamblea a otro lugar, cosa que consiguió, pues aquélla se trasladó a Milán. Con todo, el daño para la república florentina ya estaba hecho, y cuando, derrotados los franceses, se vieron obligados a abandonar la península italiana, la Santa Liga le dictó sus condiciones a Florencia. Acordó la deposición de Soderini y la restauración de los Médicis. El cardenal Giovanni de Médicis y su hermano Giuliano recuperaron, para la familia, el señorío de Florencia.

Maquiavelo había permanecido fiel al régimen republicano hasta el último momento. Pero, a los pocos días de la toma y el saco de Prato, cuando los Médicis se habían adueñado ya de la ciudad, empezó a gestionar su acomodo a la nueva situación política planteada. Sin embargo, nada pudo detener su cesantía. El día 7 de noviembre de 1512 fue depuesto de todos sus oficios, e incluso se le prohibió poner los pies en palacio.

Un año después, su nombre apareció en una lista de conjurados para derrotar al nuevo gobierno, lo que le valió cárcel y torturas hasta que se pudo comprobar su inocencia. Una vez en libertad, sin ningún medio de trabajo, sin apenas rentas, resolvió abandonar la ciudad e irse a vivir con su familia a una pequeña casa que poseía cerca de San Casciano, en el camino a Roma, distante unos 15 kilómetros de Florencia.

Allí, en ese humilde pueblecito, da comienzo lo que podríamos denominar segunda etapa de la vida de Maquiavelo: una vida de estudio, de reflexión, de soledad, de estrecheces, de ordenación y ponderación intelectual de las circunstancias políticas vividas y los hombres de gobierno tratados. Es una época de fecundo ejercicio literario. Han pasado los días de acción, de ajetreo político y diplomático, de experiencia personal en los negocios públicos. Lo que para su espíritu inquieto y refinado fue esa inmersión en el mezquino y aplebeyado ambiente pueblerino, ha llegado a nosotros gracias a la carta que sobre este motivo escribió a su amigo Francesco Vettori, embajador entonces en Roma.

A poco de instalado en San Casciano inicia un fervoroso estudio de los autores clásicos. Se propone escribir un comentario a la obra del historiador Tito Livio. Y, aunque no realizó el programa inicial, había terminado en 1519 los tres libros de sus *Discursos sobre la primera década de Tito Livio.* A finales de dicho año 1512 interrumpió los *Discursos* para iniciar la composición de *El príncipe,* que según parece redactó a vuelapluma y es la obra que le ha granjeado mayor fama. Ambas obras se complementan y entre ellas existe una evidente interdependencia.

En el año 1520 concluye otras dos obras relacionadas, también, con sus constantes preocupaciones políticas: *Vida de Castruccio Castracani de Lucca* y *El arte de la guerra.* También había escrito unos *Discorsi sopra il modo di riformare il Stato di Fiorenza a instanza di Papa Leone.* En 1520 realizó, por encargo del cardenal Giulio di Medici y de la Signoria, unas modestas gestiones en Luca. A finales del mismo año recibió del cardenal Giulio di Medici una encomienda adecuada a sus talentos y realmente honrosa: escribir una *Historia de Florencia,* para lo cual percibiría una anualidad de cien florines.

Al ser ahogada en sangre, en el año 1520, una conjura contra los Médicis en la que estaban comprometidos muchos de sus amigos, pertenecientes a los Orti Oricellari, Maquiavelo, aconsejado por la prudencia, regresó de nuevo a San Casciano, y se dedicó por completo al trabajo encomendado. Así pudo presentarle más tarde al papa Clemente VII, que era su antiguo protector, los ocho libros de su *Historia de Florencia* en donde aparecía relatada la historia interna y externa de Florencia desde sus orígenes hasta 1492, fecha de la muerte de Lorenzo *el Magnífico*. Además, le fueron encomendadas también pequeñas gestiones de carácter político o diplomático como, por ejemplo, la asistencia a la reunión en Capri del Capítulo General de los Hermanos Menores. En 1525 se reintegró al servicio activo, no para ocupar cargos de importancia, sino para funciones menores. No obstante, trabajó denodadamente para que en Florencia y en los Estados Pontificios se llevaran a la práctica sus ideas sobre la organización de milicias ciudadanas. Recibió el encargo de estudiar el sistema de fortificaciones de Florencia y mantuvo frecuente e interesantísima correspondencia con Guicciardini, a la sazón presidente de la Romaña, con el que comentaba los sucesos que acarrearon luego el saco de Roma y la prisión de Clemente VII. Y, caídos los Médicis a consecuencia de esto, se restauró el régimen republicano en Florencia el día 16 de mayo de 1527, pero contra lo que pudiera presumirse, Maquiavelo no halló tampoco acomodo en la nueva situación.

Se lo acusaba de haberse sometido a la poderosa familia y no se olvidaban los escasos servicios que había prestado a los Médicis. Esto fue para él una humillación nueva.

De todas suertes, poco le quedaba de vida. Acaso esas humillaciones aceleraron su muerte. El día 20 de mayo se sintió indispuesto y nada podía calmar los dolores que experimentaba, sino que, por el contrario, éstos se acrecentaban. Falleció el día 22 de mayo de 1527, rodeado de todos los suyos. Su cuerpo recibió sepultura en la capilla familiar de Santa Croce...

De entre todas estas obras de Nicolás Maquiavelo, sin duda alguna la que de una manera más absoluta le ha granjeado fama, una fama no siempre benevolente, es *El príncipe*. Es decir, la que publicamos de nuevo y que, sin ser un verdadero tratado de teoría política, es una consideración de los medios que hacen posible la conquista del poder y aseguran su ejercicio; que advierte, luego, las circunstancias que lo ponen en peligro y que, en fin, ocasionan su pérdida. Sobre esta obra, objeto de la presente edición, debemos decir aún algo más.

Como hemos visto, Maquiavelo escribe ese *manual* de técnica política o, según uso de la época, *tratado sobre el arte de gobernar,* entre 1512 y 1513, en San Casciano, alejado de los negocios públicos de Florencia, en un semidestierro político. Ha tenido ocasión de meditar sobre los altibajos de la fortuna, sobre la condición de los hombres, sobre la índole de los acontecimientos políticos; se ha asomado a los grandes momentos históricos del pasado, ha escudriñado la técnica del mando en los principales hombres de su tiempo. Fruto de todo ello es este propósito declarado de preceptuar los modos eficaces para la acción política que se titulará *El príncipe* aunque, según nos dice Caserier, aún ahora, cuando el libro ha sido abordado desde todos los ángulos y lo han discutido filósofos, historiadores, políticos y sociólogos, este secreto no ha sido todavía completamente revelado. De un siglo a otro, casi de generación a generación, encontramos no sólo un cambio, sino una inversión completa en los juicios sobre *El príncipe*. Y lo mismo puede decirse sobre el autor del libro. La imagen de Maquiavelo, confusa por el amor de unos y el odio de otros, ha cambiado a lo largo de la historia, y es extremadamente difícil reconocer detrás de estas variaciones la efigie verdadera del hombre e incluso la temática de su libro.

El príncipe se publicó quince años después de haber sido escrito y a los cinco de la muerte de Nicolás Maquiavelo. Circuló en un primer momento en copias manuscritas y no suscitó otro eco que los habituales comentarios benévolos suscritos por la amistad, así como el plagio de un profesor de filosofía, Agostino Nifo (1473-1538), quien publicó en 1523 un libro titulado *De regnandi peritia* que le dedicó a Carlos V y que era una descarada copia del original florentino.

Sin embargo, observamos en la historia de *El príncipe* un salto brusco. De un perfecto anonimato pasa a una fama proverbial y universal. ¿Qué ha ocurrido para ello? Como se sabe, el clima espiritual de Europa sufre hondas transformaciones en el transcurso de la primera mitad del siglo xvi que culminan con la ruptura de la unidad cristiana en Occidente. Con ello, el problema religioso adquiere actualidad permanente en la conciencia europea y sirve como piedra de toque para juzgar las demás actividades del espíritu. Entonces se advierten movimientos, direcciones y actitudes que, en ciertos momentos, funcionan con independencia del sentido y del pensamiento religioso. Maquiavelo, pues, se había adelantado a esta comprensión de tales fenómenos.

La obra de Maquiavelo suscitó desde los primeros momentos la crítica y la condena de la Iglesia. Pole, cardenal inglés, Jerónimo Osorio, obispo portugués, y Ambrogio Caterino, arzobispo de Cosenza, fueron los primeros en condenarlo. Le reprocharon su propuesta de desvincular la acción política de las obligaciones religiosas y morales. Y no sólo eso. También, a la vez, que, en aquel tiempo, propugnase la autonomía del Estado. Recibió asimismo los ataques de la Compañía de Jesús, defensora del papado, por inventor de la razón de Estado y por haberse constituido en agrio censor de la política papal en Italia. Finalmente, sus obras pasaron al primer *Index Librorum Prohibitorum* en 1559. Pero en 1573 se aminoró el rigor, y se le concedió permiso a un nieto de Maquiavelo, llamado también Niccolò, y a Giuliano de Ricci para preparar una edición expurgada, edición que no llegó a realizarse. Asimismo, encontró una acentuada repulsa en el campo protestante. Innocent Gentillet atribuyó los acontecimientos de la noche de san Bartolomé a las enseñanzas deducibles de *El príncipe*. Surgió de ese modo la llamada «leyenda negra de Maquiavelo».

Por su parte, Jean Bodin, tratadista político, descubrió la unilateralidad que debilitaba todo su sistema de ideas y cómo Maquiavelo no supo advertir cómo operan real y eficazmente en la verdadera política factores distintos de las motivaciones del egoísmo humano, del ansia de poder o de los estrictos intereses materiales. Tommaso Campanella, por su parte, disintió abiertamente de Maquiavelo. Prosiguieron en el curso de los siglos subsiguientes los juicios sobre el autor florentino y, aun cuando tuvo también sus defensores —entre ellos Bacon, Spinoza y Montesquieu; Rousseau decía que era «un honnête home et un bon citoyen»—, son más los detractores, entre los que hay que tener en cuenta a muchos españoles, tales como Gracián: «Parece —escribe éste— que tiene candidez en sus labios, pureza en su lengua, y arroja fuego infernal, que abrasa las costumbres y quema las repúblicas». Quevedo, Saavedra Fajardo y otros también elogian *El príncipe*. Aunque, por otra parte, y según reconoce Gonzalo Fernández de la Mora, en la abundante literatura política que se produce en España durante la época de la Contrarreforma no se encuentra una exposición concisa y exacta del sistema de Maquiavelo.

Por su parte, Federico II de Prusia escribirá una *Refutación del Príncipe de Maquiavelo,* edición publicada en 1740. Es un libro antimaquiavélico que inspirará casi toda la moral racionalista del siglo XVIII. Y así hasta nuestros días han venido sucediéndose los elogios —por ejemplo, los de James Burnham— y los ataques, de modo que Benedetto Croce ha podido anunciar en un artículo titulado «Una questione che forse non si chiuderá mai. La questione del Machiavelli», que quizá el problema de Maquiavelo no se solucionará nunca, ni será archivado, como sucede con aquéllos sobre los cuales ya han recaído respuestas satisfactorias.

Una descripción exacta y sistemática de los hechos públicos, una tentativa de establecer correlaciones entre series de estos hechos con el deliberado propósito de descubrir leyes y mediante estas correlaciones la tentativa de predecir, con cierto grado de probabilidad, los hechos futuros; tales son los elementos presentes en los escritos de Maquiavelo, singularmente en *El príncipe,* y que rigen la lógica de sus investigaciones. Además, no busca elementos trascendentales, y sí aquéllos que pueden formularse en términos del mundo real del espacio y del tiempo. Estamos en el terreno del positivismo. Se estudiará a los hombres como son y sus acciones como resultan y no como debieran ser unas y otras, según los dictados de la moral o de la religión. Maquiavelo, quien, bajo lo aparentemente discontinuo y caprichoso de la historia, cree percibir un orden profundo y relaciones causales permanentes, considera que, en definitiva, las leyes rectoras de lo histórico no son más que la manifestación de los principios invariables que informan la manera de ser de los hombres. «Suelen afirmar los hombres prudentes —nos dice Maquiavelo en sus *Discorsi,* III, 43—, y no por capricho ni sin motivo, que quien desee saber lo que ha de venir considere lo que ha pasado, ya que todas las cosas de este mundo, en todos los tiempos, se asemejan a las que han ocurrido antes. Ocurre así, porque siendo ellas obras de hombres que tienen y han tenido siempre las mismas pasiones, necesariamente han de producir los mismos efectos.»

La historia, más que el doctrinarismo, será, pues, la gran fuente donde habrá de inspirarse Maquiavelo. Si cuanto ocurre en la superficie de la historia es, en verdad, efecto del eterno juego de los *umori,* las *passioni* y los siempre insatisfechos *dessideri* de los hombres, menester es conocerlos, puesto que allí, y no en otra parte, está la clave para el entendimiento de lo sucedido y para la posibilidad de toda previsión.

A propósito de esto, veamos cuál era el concepto que Maquiavelo tenía de los hombres; no era un concepto precisamente optimista, a lo que veremos. «Puede decirse, hablando generalmente —escribe en *El príncipe*—, que los hombres son ingratos, volubles, disimulados, que huyen de los peligros y son ansiosos de ganancias. Mientras que les haces el bien y no necesitas de ellos, como he dicho, te son adictos y te ofrecen su caudal, vida e hijos, pero se rebelan cuando llega esta necesidad [...] los hombres temen menos ofender al que se hace amar que al que se hace temer, porque el amor no se retiene por el solo vínculo de la gratitud, que en atención a la perversidad humana toda ocasión de interés personal llega a romper, en vez de que el temor al príncipe se mantiene siempre con el del castigo, que no abandona nunca a los hombres.»

De todos modos, el hombre, y sobre todo el hombre dedicado a la política, constituye el elemento básico para las abstracciones de Maquiavelo. A éste lo hace sujeto activo de sus pensamientos y objeto pasivo de sus meditaciones. Precisamente, su época, el Renacimiento, señala la aparición de hombres de profunda y vigorosa personalidad; de hombres dotados de aquella aptitud potencial para el mando y de aquella *virtú* que, según Maquiavelo, quiere decir posesión de un complejo de aptitudes que permiten destacar sobre la mediocridad general e imponer a los hombres y a las cosas el rumbo por ellos deseado.

De esta forma, serán *virtuosos* para Maquiavelo, y en *El príncipe* hay constantes alusiones a ese tipo de virtud, aquellos hombres que no consienten que los dedos de la fortuna, cual en una flauta, toquen en ellos caprichoso son; aquéllos cuya voluntad empeñosa se ve asistida por otras cualidades eficaces que prometen asegurar el logro de lo que se quiere; hombres en los que, a la fortaleza del ánimo, se suma una clara inteligencia para calcular los recursos a empeñar en la acción, un vivo sentido de la realidad, un rápido entendimiento de lo que cada circunstancia concede u autoriza, decisión para los recursos heroicos y, además, capacidad para disimular el juego, si ello es necesario, y soltura para desprenderse de los escrúpulos de la moralidad corriente, si así lo exige el fin que se quiere alcanzar. En cierto modo, como dice Luis A. Arocena, ha podido ser bien definido lo que es la *virtú* para Maquiavelo, entendida como «cierta capacidad para la eficacia».

Una vez en posesión del concepto que Maquiavelo se ha forjado del hombre, tratemos ahora de esclarecer cuál es su innovación más importante en el campo de la didáctica política. Esencialmente consiste en divorciar la política de la ética, rompiendo de esta suerte con la tradición aristotélica que señoreó todo el pensamiento de la Edad Media. Su método, gracias al cual se pueden observar y estudiar los problemas políticos en relación con el comportamiento humano desde el punto de vista científico u objetivo, permite a la política liberarse de la fiscalización de las concepciones éticas de lo que es justo y bueno, de modo que nos encontramos con que Maquiavelo, con su método, divorcia la política de la ética, de la misma manera que las ciencias se divorciaban de la ética. Actúa sobre hechos, sobre la evidencia y no sobre las exigencias de un sistema ético. Vemos, por otra parte, que el método de Maquiavelo es el método científico, el método positivista, aplicado a la política. En primer lugar, se expresa en forma cognoscitiva y científica. O sea, siempre sabemos de qué está hablando. Después, describe con suficiente claridad el campo de la política. En primer término, entiende que la política es el estudio de las luchas por el poder entre los hombres. Con ello nos pone a cubierto de toda interpretación disparatada de su pensamiento. En tercer lugar, Maquiavelo, conforme hemos dicho antes, agrupa con cierta sistemática un gran número de hechos de la historia, hechos que oyó referir y hechos que presenció; por tanto, no deducirá sus conclusiones de ciertos principios, sino de ciertos hechos; éstos ocupan el primer lugar y las preguntas se contestan apelando a los mismos. Según el autor florentino, cuando los hechos deciden, hay que olvidarse de los principios. En cuarto lugar, el antiguo secretario florentino trata siempre de establecer correlaciones entre series de sucesos que permitan hacer generalizaciones o establecer leyes. Y así, de la observación de estas series, puede deducir una norma de conducta para el príncipe, en interés de cuya formación política escribió el tratado de igual nombre.

Meinecke, que destaca en Maquiavelo su capacidad para concretar en un programa mínimo las recomendaciones sugeridas por su experiencia de la política, y su teoría en unos pocos conceptos fundamentales, advierte cuán constante y bravamente suenan, en sus escritos, las palabras *virtú, fortuna* y *necessità*. De lo que quiso significar con ellas podrían derivarse los principios que informan su concepción del Estado, sus convicciones acerca de la índole de la acción política y, sobre todo, la metodología que importa aplicar en todo intento serio de descubrir verdades aleccionadoras sobre la naturaleza y las exigencias de los negocios públicos. ¿Qué debemos entender, pues, cuando Maquiavelo habla de la *virtú*? Más arriba lo hemos dicho: la poseen «aquellos hombres que no consienten que los dedos de la Fortuna, cual en una flauta, toquen en ellos caprichoso son». En cuanto a la *necessità,* hemos de entenderla como constricción causal, el instrumento apto para plasmar la masa inerte en la forma querida por aquélla. Y si puede hablarse de originalidad en Maquiavelo, diremos que la suya, bastante audaz para su tiempo, consistió en proponer una verdadera supervisión de categorías en las esferas de la política, al conceder resuelta preeminencia a los dictados de la *necesidad,* a la *razón de Estado* en desmedro de lo ideal. «Cuando se trata de tomar una resolución de la que dependa por entero la salud del Estado —afirma Maquiavelo—, nadie debe detenerse en consideraciones sobre lo justo y lo injusto, lo piadoso o lo cruel, lo que puede ser plausible o ignominioso. Omítase todo esto y tómese resueltamente aquel partido que salve al Estado y mantenga su libertad.» Vemos, pues, cómo la idea de la *necessità,* convertida en la *razón de Estado,* es lo que confiere a Maquiavelo su recia singularidad como pensador político y lo que le ha valido tan fuertes y justas críticas. En cuanto a la *fortuna,* le impresiona tanto su imperio que, a veces, llega a pensar que nada puede prevalecer contra él.

Pero considera que, en el mundo histórico, si bien al hombre no le es dado alterar los decretos de la *fortuna,* puede, por lo menos, sacar partido de las ocasiones que sus vueltas deparan. «Afirmo una vez más ser absolutamente cierto y estar demostrado en toda la historia —postula el florentino—

que los hombres pueden secundar a la fortuna y no contrarrestarla; pueden tejer sus hilos, pero no romperlos.» Y aunque no nos da un concepto de lo que es la fortuna, visto su ulterior pensamiento, nos cabe preguntar si la fortuna será la realidad de hecho; es decir, la fuerza natural de las cosas que se alza ante la posibilidad de que el hombre ejercite sobre ella los recursos de su *virtú*. «No ignoro que muchos creyeron y creen —escribe Maquiavelo en *El príncipe*— que la fortuna y Dios gobiernan de tal modo las cosas de este mundo que los hombres con su prudencia no pueden corregir lo que tienen de adverso, así como que no hay remedio ninguno que oponerles. Con arreglo a esto podrían opinar que es vano fatigarse mucho en semejantes ocasiones, y que conviene dejarse gobernar entonces por la suerte. Esta opinión está bien acreditada en nuestro tiempo —se refiere, por supuesto, al suyo—, a causa de las grandes mudanzas que, fuera de toda conjetura humana, se vieron y se ven cada día. Al reflexionar yo mismo, de cuando en cuando, me incliné en cierto modo hacia esta opinión; sin embargo, no estando anonadado nuestro libre albedrío, juzgo que puede ser verdad que la fortuna sea el árbitro de la mitad de nuestras acciones, pero también es cierto que ella nos deja gobernar la otra, o al menos siempre alguna parte. La comparo con un río peligroso que, cuando se embravece, inunda las llanuras, echa por tierra los árboles y edificios, quita el terreno de un paraje para llevarlo a otro. Cada uno huye a su vista, todos ceden a su furia sin poder resistirle. Y, sin embargo, por más formidable que sea su naturaleza, no por ello sucede menos que los hombres, cuando están serenos los temporales, pueden tomar precauciones contra semejante río, haciendo diques y murallas de modo que cuando crece de nuevo está forzado a correr por un canal, o que al menos el ímpetu de sus aguas no sea tan licencioso ni perjudicial. Sucede lo mismo con respecto a la fortuna: no ostenta su dominio más que cuando no encuentra una virtud preparada para resistirla, porque cuando la encuentra, vuelve su violencia hacia la parte en que sabe que no hay diques ni otras defensas capaces de contenerla.» Este párrafo le hace afirmar a Luis A. Arocena que tal entendimiento de la responsabilidad humana en la determinación de la historia es lo que de manera más constante se manifiesta en los escritos de Maquiavelo.

Insistentemente se afirma que, en todas las lenguas europeas, la palabra *maquiavelismo* vino a adquirir una significación peyorativa. El término ha sido utilizado para calificar toda situación o actitud tortuosa o desaprensiva, una actitud en la que la perfidia y la astucia jueguen un papel de primer orden, sin que sean desestimadas la violencia e incluso el crimen, si la *razón de Estado* así lo exigía.

La significación es merecida en cierto modo. Desde el instante que se desliga la actividad política de los hombres de toda superior instancia, desde que retorna a un entendimiento pagano de la política, sus principios supusieron en su tiempo y aun en el nuestro una rotunda negación de principios e ideales ciertamente válidos, principios e ideales de tipo trascendente que aspiraban a jerarquizar y a unir a los hombres en torno a Dios y a virtudes superiores. Atendamos a san Agustín: «Sin la virtud de la justicia, ¿qué son los reinos, sino unos execrables latrocinios? Conquistar el poder por el afán de poder instalarse en él, sostenido por el egoísmo y la ambición y sojuzgar a los gobernados en virtud de ese mismo egoísmo y esa misma ambición, no es un fin muy encomiable.» «El fin natural de los hombres que conforman una sociedad es vivir virtuosamente —dice santo Tomás de Aquino, y añade—: De ahí que la finalidad de cada sociedad sea la misma que la que procuran los individuos que la componen. Pero desde que los individuos virtuosos se proponen un fin superior, el objeto de la sociedad no es sólo que el hombre viva virtuosamente, sino que, por su virtud, pueda llegar al goce de Dios.»

Cierto es también que, por apartarse bruscamente de los ideales políticos hasta entonces prevalentes, Maquiavelo no pudo hallar elementos justificativos de sus tesis en las doctrinas clásicas, en el pensamiento antiguo. Del mismo modo que su oportunismo político, que le llevó a suponer que «si a la fundación y conservación del Estado la *necessità* impone el empleo de la astucia, el fraude, la fe mentida, la violación de los acuerdos solemnemente pactados, la violencia y aun el crimen, el gobernante no debe vacilar en recurrir a tales medios, seguro de que el buen fin logrado lo justificará», no es teoría política alguna.

Cierto es, asimismo, que Maquiavelo subvierte las estimaciones tradicionales, elevando a jerarquía de fin lo que hasta entonces se estimaba como medio y rebajando a la de medio a la que hasta entonces era tenida como fin. O sea que, a partir de Maquiavelo, la religión será únicamente un eficaz instrumento al servicio del Estado.

Todo ello lo convierte, en cierto modo, en padre del Estado moderno, pues gracias al hecho de desligar al Estado de sus fuertes y antiguos compromisos para con la religión y la moral, significó dar el último y decisivo paso en la empresa de justificar su autonomía como entidad de carácter estrictamente secular. Como bien lo señala Cassirer, lo que ya existía *de facto* adquiere, desde entonces, existencia *de iure.*

Con Maquiavelo, el Estado moderno «ha encontrado su definitiva legitimación teórica». Los Estados que ejercen inaudita presión sobre la conciencia humana, los que mantienen su autoridad y su doctrinarismo político por la violencia y el terror, son discípulos perfectos de Maquiavelo.

EL
PRÍNCIPE

DE NICOLÁS DE MAQUIAVELO AL MAGNÍFICO LORENZO, HIJO DE PEDRO DE MÉDICIS

Cuantos desean lograr la gracia de un príncipe tienen la costumbre de presentarle las cosas que reputan más agradables, o de cuya posesión él se complace más. Le ofrecen, en consecuencia, los unos, caballos; los otros, armas; éstos, telas de oro, y aquéllos, piedras preciosas u otros objetos igualmente dignos de su grandeza.

Queriendo presentar yo a Vuestra Magnificencia alguna ofrenda que pudiera probarle toda mi devoción para con ella, no he hallado, de entre las cosas que poseo, ninguna que me sea más querida y de que haga yo más caso que mi conocimiento de la conducta de los mayores estadistas que han existido. No he podido adquirir este conocimiento más que con una dilatada experiencia de las horrendas vicisitudes políticas de nuestra edad, y por medio de una continua lectura de las antiguas historias. Después de haber examinado durante mucho tiempo las acciones de aquellos hombres, y meditarlas con la más seria atención, he encerrado el resultado de esta penosa y profunda tarea en un reducido volumen, el cual remito a Vuestra Magnificencia.

A pesar de que esta obra me parece indigna de Vuestra Grandeza, tengo, sin embargo, la confianza de que vuestra bondad le proporcionará la honra de una favorable acogida, si os dignáis considerar que no me era posible haceros un presente más precioso que el de un libro, con el que podréis comprender en pocas horas lo que yo no he conocido ni comprendido más que en muchos años, con suma fatiga y grandísimos peligros.

No he llenado esta obra de aquellas prolijas glosas con que se hace ostentación de ciencia, ni adornado con frases pomposas, hinchadas expresiones y todos los demás atractivos ajenos de la materia, con que muchos autores tienen la costumbre de engalanar lo que tienen que decir. He querido que mi libro no tenga otro adorno ni gracia más que la verdad de las cosas y la importancia de la materia.

Desearía yo, sin embargo, que no se juzgara como una reprensible presunción en un hombre de condición inferior, y aun baja si se quiere, el atrevimiento que tiene de discurrir sobre los gobiernos de los príncipes y de aspirar a darles reglas. Los pintores encargados de dibujar un paisaje deben estar en las montañas cuando tienen necesidad de que los valles se descubran bien a sus miradas, y también únicamente desde el fondo de los valles pueden ver bien en toda su extensión las montañas y elevados sitios. Sucede lo propio en la política: si para conocer la naturaleza de los pueblos es preciso ser príncipe, para conocer la de los principados conviene estar entre el pueblo. Reciba Vuestra Magnificencia este escaso presente con la misma intención que yo tengo al ofrecérselo. Cuando os dignéis leer esta obra y meditarla con cuidado, reconoceréis en ella el extremo deseo que tengo de veros llegar a aquella elevación que vuestra suerte y eminentes prendas os permiten. Y si os dignáis después, desde lo alto de Vuestra Majestad, bajar a veces vuestra mirada hacia la humillación en que me hallo, comprenderéis toda la injusticia de los extremos rigores que la malignidad de la fortuna me hace experimentar sin interrupción.

CAPÍTULO I

CUÁNTAS CLASES DE PRINCIPADOS HAY, Y DE QUÉ MODO SE ADQUIEREN

odos los Estados, todos los dominios que ejercieron y ejercen todavía una autoridad soberana sobre los hombres, han sido y son repúblicas o principados.[1] Los principados son: o hereditarios (cuando la familia del que los sostiene los poseyó durante mucho tiempo) o nuevos. Los nuevos son: o nuevos del todo, como lo fue el de Milán para Francesco Sforza,[2] o miembros añadidos al Estado ya hereditario del príncipe que los adquiere, tal es el reino de Nápoles con respecto al rey de España.[3]

O los Estados nuevos, adquiridos de estos dos modos, están habituados a vivir bajo un príncipe, o están habituados a ser libres. O el príncipe que los obtuvo lo hizo mediante las armas ajenas, o con las suyas propias. O la fortuna se los proporcionó, o se deben a su virtuoso valor.

---

1   Disiente de Aristóteles, que distingue tres formas de organización política: la monarquía, la aristocracia y la democracia. Maquiavelo reconoce solamente dos: la república y el principado.

2   Mediante la ayuda de los venecianos, a quienes estaba encargado de sojuzgar, Francesco Sforza se convirtió en señor de Milán en el año 1450. Burckart lo considera el más representativo de los condotieros italianos del siglo xv.

3   La conquista y partición del reino de Nápoles se convino en el tratado secreto de Granada de 1500, entre Luis XII de Francia y Fernando el Católico de Aragón. Dicho tratado lo ratificó Alejandro VI.

CAPÍTULO II

DE LOS PRINCIPADOS HEREDITARIOS

Silenciaré aquí las repúblicas, pues ya he discurrido largamente sobre ellas en mis *Discursos sobre la primera década de Tito Livio,* y no dirigiré mis miradas más que hacia el principado. Y volviendo a las distinciones que acabo de establecer, examinaré el modo con que es posible gobernar y conservar los principados.

Afirmo, pues, que los Estados hereditarios, acostumbrados a ver reinar en ellos la familia de su príncipe, son menos difíciles de conservar que cuando son nuevos. El príncipe entonces sólo tiene necesidad de no quebrantar el orden seguido por sus mayores, y de contemporizar con los acontecimientos, tras lo cual le basta un ordinario ingenio para conservarse siempre, a no ser que haya una fuerza extraordinaria y llevada al exceso que venga a privarlo de su Estado. Si él lo pierde, lo recuperará si quiere, por más poderoso y hábil que sea el usurpador que se haya apoderado de él.

En Italia da ejemplo de ello el duque de Ferrara, a quien no pudieron arruinar los ataques de los venecianos, en el año 1484, ni los del papa Julio, en el de 1510, por el único motivo de que su familia se hallaba establecida de padres a hijos, de mucho tiempo atrás, en aquella soberanía.[4]

---

4   Se refiere a los duques de Ferrara, Hércules de Este (1471-1505) y Alfonso de Este (1505-1534).

Dado que el príncipe natural tiene menos motivos y menos necesidad de ofender a sus gobernados, es más amado por esta razón, y si no tiene vicios muy irritantes que lo hagan aborrecible, lo amarán sus gobernados naturalmente y con razón. La antigüedad y continuidad del reinado de su dinastía hicieron olvidar los vestigios y las causas de las mudanzas que le instalaron, lo cual es tanto más útil cuanto que toda mudanza deja siempre alguna piedra angular para edificar otra.[5]

---

5   Para Maquiavelo, la excelencia del principado que se transmite por sucesión determinada es aquel poder de crear hábitos políticos que valen casi como una segunda naturaleza.

CAPÍTULO III

DE LOS PRINCIPADOS MIXTOS

Las dificultades se encuentran en el principado nuevo, sobre todo si no es enteramente nuevo[6] y no es más que un miembro añadido a un principado antiguo que ya se posee, que por su reunión puede llamarse, de algún modo, un principado mixto; sus incertidumbres dimanan de una dificultad conforme a la naturaleza de todos los principados nuevos. Consiste en que los hombres que mudan gustosos de señor con la esperanza de mejorar su suerte (en lo que van errados), y que, con esta loca esperanza, se han armado contra el que los gobernaba para tomar otro señor, no tardan en convencerse por la experiencia de que su condición ha empeorado. Esto proviene de la necesidad en que aquél que es un nuevo príncipe se halla, natural y comúnmente, de ofender a sus nuevos súbditos, ya con tropas, ya con una infinidad de otros procedimientos molestos que el acto de su nueva adquisición lleva consigo.

De aquí que el príncipe tenga por enemigos a todos aquéllos a quienes ha ofendido al ocupar este principado, y no puede conservar por amigos a los que le colocaron en él, a causa de que no le es posible satisfacer su ambición hasta el grado que ellos se habían imaginado ni hacer uso de medios

---

6   Comienzan aquí los capítulos dedicados a considerar cómo se adquiere y se conserva un nuevo principado. Según dice, cuentan desde ahora «la virtud y la prudencia» y no el mero tiempo, porque este último puede traer consigo tanto el bien como el mal y el mal como el bien.

rigurosos para reprimirlos, en atención a las obligaciones que ellos le hicieron contraer con respecto a sí mismos. Por más fuerte que un príncipe fuera con sus ejércitos, siempre necesitó el favor de al menos una parte de los habitantes de la provincia para entrar en ella. He aquí por qué Luis XII, tras haber ocupado Milán con facilidad, lo perdió inmediatamente; no hubo necesidad para quitárselo, esa primera vez, más que de las fuerzas de Ludovico, porque los milaneses que habían abierto sus puertas al rey se vieron desengañados de su confianza en los favores de su gobierno y de la esperanza que habían concebido para lo venidero, y no podían ya soportar el disgusto de tener un nuevo príncipe.[7]

Verdad es que, al recuperar Luis XII por segunda vez los países que se habían rebelado, luego no se los dejó quitar tan fácilmente, ya que valiéndose de la sublevación anterior fue menos reservado en los medios de consolidarse. Castigó a los culpables, desveló a los sospechosos y fortificó las partes más débiles de su anterior gobierno. Si para que el rey de Francia perdiera Milán por primera vez no hubo menester más que la terrible llegada del duque Ludovico a los confines del Milanesado, fue necesario para hacérselo perder la segunda que se armasen todos contra él, y que sus ejércitos fuesen arrojados de Italia[8] o destruidos.

No obstante, tanto la segunda como la primera vez se le quitó el Estado de Milán. Se han visto los motivos de su primera pérdida, y nos resta conocer los de la segunda, y decir los medios que él tenía, y que podía tener cualquiera que se hallara en el mismo caso, para mantenerse en su conquista mejor que lo hizo.

Empezaré estableciendo una distinción: o estos Estados que, nuevamente adquiridos, se reúnen con un Estado ocupado mucho tiempo atrás por el que los ha conseguido resultan ser de la misma provincia y tener la misma lengua, o esto no ocurre así.

---

7   El aliado de los venecianos, del papa Alejandro VI y de los florentinos, Luis XII, entró en 1499 en Italia, a fin de reivindicar, dada su condición de nieto de Valentina Visconti, unos supuestos derechos a la sucesión del Milanesado. Ludovico *el Moro* tuvo que abandonarlo, pero con ayuda del emperador Maximiliano recuperó el ducado en 1500.

8   Ludovico *el Moro* fue traicionado por los mercenarios suizos que había reclutado con motivo de su campaña contra los franceses. Murió prisionero en el castillo de Loches.

Cuando pertenecen a la primera especie, hay suma facilidad en conservarlos, especialmente cuando no están habituados a vivir libres en repúblicas. Para poseerlos con seguridad, basta haber extinguido la descendencia del príncipe que reinaba en ellos; porque en lo restante, conservándoles sus antiguos estatutos y no siendo allí las costumbres diferentes de las del pueblo a que los reúnen, permanecen sosegados, como lo estuvieron Borgoña, Bretaña, Gascuña y Normandía cuando se las unió a Francia, hace mucho tiempo. Aunque hay, entre ellas, alguna diferencia de lenguaje, las costumbres, sin embargo, se asemejan, y estas diferentes provincias pueden vivir, no obstante, en buena armonía.

En cuanto a quien hace semejantes adquisiciones, si desea conservarlas, le son necesarias dos cosas: una, que se extinga el linaje del príncipe que poseía estos Estados; otra, que el príncipe nuevo no altere sus leyes ni aumente los impuestos. Con ello, en brevísimo tiempo, estos nuevos Estados pasarán a formar un solo cuerpo con el antiguo suyo.

De todos modos, cuando se adquieren algunos Estados en un país que se diferencia en lengua, costumbres y constitución, surgen entonces las dificultades, y es menester tener muy propicia la fortuna, y gran ingenio, para conservarlos. Uno de los mejores y más eficaces medios a este efecto sería que quien los adquiere fuera a residir en ellos. Los poseería entonces del modo más seguro y duradero, tal como lo hizo el turco con respecto a Grecia. A pesar de todos los otros medios de que se valía para conservarla no lo hubiera logrado si allí no hubiera ido a establecer su residencia.[9]

Cuando el príncipe reside en este nuevo Estado, si se manifiestan allí desórdenes, puede reprimirlos muy prontamente, mientras que, si reside en otra parte, y los desórdenes son de gravedad, no hay remedio ya.

Si permaneces allí, la provincia no es despojada por la codicia de los empleados, y los súbditos se alegran más de poder recurrir a un príncipe que vive cerca de ellos que no a un príncipe distante que los vería como extraños. Tienen ellos más ocasiones de cogerle amor, si quieren ser buenos, y temor, si quieren ser malos. De otra parte, el extranjero al que hubiera

---

9   Maquiavelo se refiere al establecimiento de los turcos otomanos en la península balcánica.

apetecido atacar este Estado, tendrá más dificultad para determinarse a ello. Así, pues, al residir el príncipe en él, no podrá perderlo sin que se experimente una suma dificultad para quitárselo.

Uno de los mejores medios, después del precedente, consiste en enviar algunas colonias a uno o dos parajes que sean como la llave de este nuevo Estado, a falta de lo cual sería preciso tener allí mucha caballería e infantería.[10] Formando el príncipe semejantes colonias, no se empeña en sumos dispendios, porque aun sin hacerlos, o haciéndolos escasos, las envía y mantiene allí. Con ello ofende sólo a aquéllos de cuyos campos y casas se apodera para darlos a los nuevos moradores, que no componen, bien considerado, más que una cortísima parte de este Estado, y quedando dispersos y pobres aquéllos a quienes ha ofendido, no pueden perjudicarle nunca. Todos los demás que no han recibido ninguna ofensa en sus personas y bienes son fáciles de apaciguar, y están atentos a no hacer faltas por miedo, a fin de que no acaben despojados como los otros. Por esto es menester concluir que estas colonias que no cuestan nada o casi nada son más fieles y perjudican menos, y que si los ofendidos se hallan pobres y dispersos no pueden perjudicar, como he dicho con anterioridad.

Hay que notar que los hombres quieren ser agasajados o reprimidos, y que se vengan de las ofensas cuando son ligeras, mientras que no pueden hacerlo cuando son graves; así, pues, la ofensa que se hace a un hombre debe ser tal que le inhabilite para temer su venganza.

Cuando en vez de colonias se tienen tropas en estos nuevos Estados, se gasta mucho, porque es menester consumir para mantenerlas cuantas rentas se obtienen de semejantes Estados. Su adquisición se convierte entonces en pérdida, y ofende mucho más, porque perjudica a todo el país a causa de los ejércitos que es menester alojar allí, en casas particulares. Cada habitante experimenta su incomodidad. Este tipo de enemigos puede perjudicarle, aun permaneciendo sojuzgados dentro de su casa. Así que este medio para guardar un Estado es, pues, bajo todos los aspectos, tan inútil cuanto es útil el de las colonias.

---

10   Para asegurar su dominio sobre nuevos territorios, los romanos utilizaron el envío de ciudadanos romanos a tales regiones. Los colonos formaban una minoría privilegiada en dicha región.

El príncipe que adquiere una provincia cuyas costumbres y lenguaje no son los mismos que los de su principal Estado debe hacerse también allí el jefe y protector de los príncipes vecinos que sean menos poderosos que él, e ingeniárselas para debilitar a los más poderosos de ellos. Debe, por otra parte, hacer de modo que un extranjero tan poderoso como él no entre en su nueva provincia, porque entonces llamarán a este extranjero quienes se hallen descontentos con motivo de su mucha ambición o de sus temores. Tal ocurrió con los etolios, quienes introdujeron a los romanos en Grecia, y así también en las demás provincias en que éstos entraron. Allí los llamaban siempre los habitantes.

El orden común de las cosas es que, después de que un poderoso extranjero entra en un país, todos los demás príncipes que allí son menos poderosos se le unan a causa de la envidia que habían concebido contra quien los sobrepujaba en poder y les había despojado. En cuanto a estos príncipes menos poderosos, no cuesta mucho trabajo ganarlos, porque todos juntos formarán gustosos un solo cuerpo con el Estado que él ha conquistado. La única precaución que debe tomarse es impedir que adquieran mucha fuerza y autoridad. El nuevo príncipe, con el favor de ellos y sus propias armas, podrá abatir con facilidad a los poderosos, a fin de permanecer en toda circunstancia como árbitro de aquel país.

Quien no gobierne hábilmente de esta manera perderá bien pronto lo que adquirió y, mientras lo tenga, hallará una infinidad de dificultades y fastidios.

Los romanos observaron bien tales precauciones en las provincias que habían conquistado. Enviaron allá colonias, mantuvieron a los príncipes cercanos menos poderosos que ellos sin aumentar su fuerza, debilitaron a los que tenían tanta como ellos mismos, y no permitieron que las potencias extranjeras adquiriesen allí consideración ninguna. Basta citar, para ejemplo de esto, Grecia, donde conservaron a los aqueos y etolios, humillaron el reino de Macedonia y ahuyentaron a Antíoco. El mérito que los aqueos y etolios contrajeron ante los romanos nunca fue suficiente para que éstos les permitiesen engrandecer ninguno de sus Estados. Nunca los redujeron los discursos de Filipo hasta el grado de tratarlo como amigo sin abatirlo ni el poder de Antíoco pudo nunca reducirlos a permitir que mantuviera Estado alguno en aquel país.

Los romanos hicieron, en aquellas circunstancias, lo que todos los príncipes cuerdos deben hacer cuando prestan atención, no sólo a los actuales perjuicios, sino también a los venideros, y quieren remediarlos con destreza. Es posible hacerlo precaviéndolos de antemano; pero si se espera a que sobrevengan, ya no da tiempo a remediarlos, porque la enfermedad se ha vuelto incurable. Sucede, en este caso, lo que los médicos dicen de la tisis, que en el inicio es fácil de curar y difícil de conocer, pero que, en lo sucesivo, si no la conocieron en su comienzo ni le aplicaron remedio ninguno, se hace, en verdad, fácil de conocer pero difícil de curar. Lo mismo ocurre con las cosas del Estado: si se conocen de antemano los males que pueden manifestarse, lo que sólo se le concede a un hombre sabio y bien prevenido, quedan curados bien pronto; mas cuando, por no haberlos conocido, les dejan tomar incremento, de modo que adquieren el conocimiento de toda la gente, no hay ya arbitrio para remediarlos. De ahí que, previendo de lejos los romanos los inconvenientes, les aplicaron el remedio siempre en su principio, y jamás les dejaron seguir su curso, por el temor de una guerra. Sabían que ésta no se evita, y que, si la diferimos, será siempre con provecho ajeno. Cuando ellos quisieron hacerla contra Filipo y Antíoco en Grecia, era para no tener que hacérsela en Italia. Podían evitar ellos hacerla entonces contra uno y contra otro, pero no quisieron, ni les agradó aquel consejo de *gozar de los beneficios del tiempo,* que nunca se les cae de la boca a los sabios de nuestra era. Les acomodó más el consejo de su virtud valerosa y prudencia, pues el tiempo que echa abajo cuanto subsiste puede acarrear consigo tanto el bien como el mal, pero igualmente tanto el mal como el bien.

Volviendo a Francia, examinaremos si hizo alguna de estas cosas. No hablaré de Carlos VIII sino de Luis XII, como de aquél cuyas operaciones se conocieron mejor, visto que conservó durante más tiempo sus posesiones en Italia; y se verá que hizo lo contrario de lo que debía para retener un Estado de diferentes costumbres y lenguas.

El rey Luis se vio atraído a Italia por la ambición de los venecianos, que querían, por medio de su llegada, ganar la mitad del Estado de Lombardía.

No intento criticar este paso del rey ni su resolución sobre este particular, porque al querer empezar a poner el pie en Italia, sin tener amigos en ella, y aun viendo cerradas todas sus puertas, a causa de los estragos que allí había causado el rey Carlos VIII, estaba forzado a respetar a los únicos aliados que pudiera tener allí. Su plan hubiera logrado un completo acierto si él no hubiera cometido ninguna falta en las demás operaciones. Tras haber conquistado Lombardía, volvió a ganar repentinamente en Italia la consideración que en ella Carlos había hecho perder a las armas francesas. Génova cedió; se hicieron amigos suyos los florentinos, y el marqués de Mantua, el duque de Ferrara, Bentivoglio (príncipe de Bolonia), el señor de Forlì, los de Pésaro, Rímini, Camerino, Piombino, los luqueses, pisanos, sieneses... todos, en una palabra, salieron a recibirlo solicitando su amistad. Los venecianos debieron reconocer entonces la imprudencia de la resolución que habían tomado: sólo para adquirir dos territorios de la provincia lombarda hicieron al rey dueño de dos tercios de Italia.

Comprenda cada uno, ahora, con cuán poca dificultad podía Luis XII, de haber seguido las reglas de que acabamos de hablar, conservar su reputación en Italia y tener seguros y bien defendidos a cuantos amigos se había granjeado allí. Al ser éstos numerosos y débiles, por otra parte, y temer uno al papa y otro a los venecianos, se veían siempre en la precisión de permanecer con él. Valiéndose de ellos le era posible contener fácilmente lo que había de más poderoso en toda la península.

Apenas llegado el rey a Milán, obró de manera contraria, puesto que ayudó al papa Alejandro VI a apoderarse de la Romaña. No se percató de que, con esta determinación, se hacía débil, por una parte, desviando de sí a sus amigos y a quienes habían ido a ponerse bajo su protección; y que, por otra, extendía el poder de Roma, agregando tan vasta dominación temporal a la potestad espiritual que tanta autoridad le daba ya.

Esta primera falta le puso en necesidad de cometer otras, de modo que, para poner término a la ambición de Alejandro e impedirle hacerse dueño de la Toscana, se vio obligado a volver a Italia. No le bastó haber dilatado los dominios del papa y apartado a sus propios amigos, sino que el deseo de poseer el reino de Nápoles le hizo repartírselo con el rey de España. Así, cuando él era el primer árbitro de Italia, tomó en ella a un asociado, a quien cuantos se hallaban descontentos con él deberían recurrir naturalmente, y cuando le era posible dejar en aquel reino a un rey que no era ya más que pensionado suyo, lo echó a un lado para poner a otro capaz de arrojarle a él mismo.[11]

El deseo de adquirir es, en verdad, una cosa corriente y muy natural; y los hombres que adquieren, cuando pueden hacerlo, serán alabados y nunca vituperados por ello; pero cuando no pueden ni quieren hacer su adquisición como conviene, en esto consiste el error y el motivo de vituperio.

Si Francia, pues, podía atacar con sus fuerzas a Nápoles, debía hacerlo; si no podía, no debía dividir aquel reino, y si la partición que hizo de Lombardía con los venecianos es digna de disculpa a causa de que el rey encontró con ello un medio de poner el pie en Italia, la empresa sobre Nápoles merece condenarse debido a que no había motivo alguno que pudiera disculparla.

Luis había cometido, pues, cinco faltas: había destruido las reducidas potencias de Italia; aumentado la dominación de un príncipe ya poderoso; introducido a un extranjero que lo era mucho; no residido allí él mismo; ni establecido colonias.

Estas faltas, sin embargo, no podían perjudicarlo en vida suya si no hubiera cometido una sexta: la de despojar a los venecianos. Era cosa muy razonable y aun necesaria abatirlos, aun cuando él no hubiera dilatado los dominios de la Iglesia ni introducido a España en Italia, pero no debía consentir en su ruina, porque al ser poderosos por sí mismos, se habrían mantenido siempre alejados de toda empresa en Lombardía a los otros, ya porque los venecianos no hubieran consentido en ello sin ser ellos mismos los dueños únicos, ya porque los otros no hubieran querido quitársela a Francia para dársela a ellos, o no habrían tenido la audacia de atacar a estas dos potencias.

Si alguno dijera que el rey Luis cedió la Romaña a Alejandro y el reino de Nápoles a España sólo para evitar una guerra, respondería con las

---

11 Maquiavelo juzga desacertado que Luis XII le ofreciera medio reino de Nápoles a Fernando de Aragón para poder quedarse con la otra mitad: «Metió en Italia a un rey poderoso, y donde antes estaba solo, dispuso que hubiera un compañero igual a él».

razones ya expuestas: que no debemos dejar nacer un desorden para evitar una guerra, porque acabamos no evitándola. Tan sólo nos limitamos a demorarla, y con sumo perjuicio nuestro. Y si otros alegaran la promesa que el rey había hecho al papa de realizar en favor suyo esta empresa para obtener la disolución de su matrimonio con Juana de Francia y el capelo de cardenal para el arzobispo de Ruan, responderé a esta objeción con las explicaciones que ahora mismo daré sobre la fe de los príncipes y el modo con que deben guardarla.

El rey Luis perdió, pues, Lombardía por no haber hecho nada de lo que hicieron cuantos tomaron provincias y quisieron conservarlas. No hay en ello milagro, sino una cosa razonable y corriente. Hablé en Nantes de esto con el cardenal de Ruan, cuando el duque de Valentinois, al que llamaban vulgarmente César Borgia, hijo de Alejandro, ocupaba la Romaña, y habiéndome dicho el cardenal que los italianos no entendían nada de la guerra, le respondí que los franceses no entendían nada de las cosas de Estado, porque si ellos hubieran tenido inteligencia en ellas no hubieran dejado lograr al papa tan gran incremento de dominación temporal.[12] Se vio por experiencia que la que el papa y España adquirieron en Italia les había venido de Francia, y que la ruina de esta última en Italia dimanó del papa y de España. De lo cual podemos deducir una regla general que no engaña nunca, o que a lo menos no extravía más que raras veces: que quien propicia que otro se vuelva poderoso obra su propia ruina. No le hace volverse tal más que su propia fuerza o industria, y estos dos medios de que él se ha manifestado provisto son muy sospechosos para el príncipe que, por medio de ellos, se volvió más poderoso.

---

12 Según parece, esta conversación tuvo lugar el 21 de noviembre de 1500 en la entrevista que Maquiavelo sostuvo con el cardenal de Ruan, con motivo de su primera misión en Francia.

CAPÍTULO IV

POR QUÉ EL REINO DE DARÍO, CONQUISTADO POR ALEJANDRO, NO SE REBELÓ CONTRA LOS SUCESORES DE ÉSTE DESPUÉS DE SU MUERTE[13]

Teniendo en cuenta las dificultades que se experimentan para conservar un Estado adquirido en fechas recientes, cabría preguntarse con asombro a qué se debió que, una vez se hubo adueñado Alejandro Magno de Asia en un corto número de años, y muerto poco después de haberla conquistado, sus sucesores, en una circunstancia en que parecía natural que todo este Estado se pusiese en rebelión, lo conservaron, sin embargo, y no hallaron para ello más dificultad que la que su ambición individual ocasionó entre ellos.[14] Contesto diciendo que los principados conocidos son gobernados de uno u otro de estos dos modos: el primero consiste en un príncipe asistido de otros individuos que, permaneciendo siempre como súbditos muy humildes a su lado, son admitidos por gracia o concesión suya en la clase de los servidores para ayudarle a gobernar; el segundo modo de gobernar se compone de un príncipe asistido de barones cuyo puesto en el Estado no procede de la gracia del príncipe, sino de la antigüedad de su familia. Estos

---

13 En este y en el siguiente capítulo examina Maquiavelo los elementos jurídicos y políticos internos que han de obrar para la conservación o pérdida de un principado mixto.

14 A la muerte de Alejandro, el consejo de sus generales encomendó a Perdicas la regencia del imperio y cada uno de ellos se encargó del gobierno de sus diversas regiones. Con todo, las ambiciones ilimitadas de los diadocos trajeron consigo interminables guerras.

mismos barones tienen Estados y súbditos que les reconocen por señores suyos, y les dedican su afecto naturalmente.

El príncipe en los primeros de estos Estados en que gobierna él con algunos ministros siervos tiene más autoridad, porque en su provincia no hay ninguno que reconozca a otro más que a él por superior. Si obedece a otro, no es por un particular afecto a su persona, sino tan sólo porque éste otro es ministro y empleado del príncipe.

Dan ejemplo de estas dos especies de gobiernos en nuestros días el del turco y el del rey de Francia. Toda la monarquía del turco la gobierna un señor único; sus adjuntos no son más que criados suyos, y al dividir en provincias su reino envía a ellas diversos administradores, a los cuales muda y coloca en nuevo puesto a su antojo. Pero el rey de Francia se halla en medio de un sinnúmero de personajes ilustres por la antigüedad de su familia, señores ellos mismos en su Estado y reconocidos como tales por sus particulares gobernados, quienes, por otra parte, les profesan afecto. Estos personajes tienen prerrogativas personales que el rey no puede quitarles sin ponerse en peligro a sí mismo.

Así, cualquiera que se ponga a considerar con atención uno y otro de estos dos Estados hallará que sería difícil en grado sumo conquistar el del turco; pero si uno lo hubiera conquistado, tendría una grandísima facilidad en conservarlo. Las razones de las dificultades para ocuparlo son que el conquistador no puede ser llamado allí por las provincias de este imperio ni esperar ser ayudado en esta empresa con la rebelión de los que el soberano tiene a su lado, lo cual dimana de las razones expuestas más arriba. Al ser todos siervos suyos, y estarle reconocidos por sus favores, no es posible corromperlos tan fácilmente. Aun cuando se lograra esto, no podría esperarse mucha utilidad, porque no les sería posible atraer hacia sí al pueblo, por las razones que hemos expuesto. Conviene, pues, que el que ataca al turco reflexione que lo encontrará unido con su pueblo y que más puede contar con sus propias fuerzas que con los desórdenes que se manifestarán a favor suyo en el imperio. Pero después de haber vencido y derrotado en una campaña a sus ejércitos, de modo que él no pueda ya rehacerlos, no quedará ninguna cosa temible más que la familia del príncipe. Si uno la destruye, no habrá ya nadie a quien deba temerse, porque los otros no gozan de la misma reputación de parte del pueblo. Así como el vencedor, antes de la victoria, no podía contar con ninguno de ellos, ya no debe tenerles miedo alguno después de haber vencido.

Sucederá lo contrario en los reinos gobernados como el de Francia. Se puede entrar allí con facilidad, ganándose a algún barón, porque se hallan siempre algunos mal contentos o del genio de aquéllos que apetecen mudanzas. Estas gentes, por las razones mencionadas, pueden abrirte el camino para la posesión de este Estado y facilitarte el triunfo, pero cuando se trate de conservarte en él este triunfo mismo te dará a conocer infinitas dificultades, tanto por la parte de quienes te auxiliaron como por la de aquéllos a quienes has oprimido. No te bastará con haber extinguido la familia del príncipe, porque quedarán siempre allí varios señores que se harán cabezas de partido para nuevas mudanzas. Como no podrás contentarlos ni destruirlos enteramente, perderás este reino en cuanto se presente la ocasión.

Si consideramos ahora de qué naturaleza era el gobierno de Darío, le hallaremos semejante al del turco. A Alejandro le fue necesario en primer lugar asaltarlo por entero y hacerse dueño de la campaña. Tras esta victoria y la muerte de Darío quedó el Estado en poder del conquistador de un modo seguro por las razones que llevamos expuestas. Si hubieran estado unidos los sucesores de éste, podrían haber gozado de él sin la menor dificultad, porque no sobrevino ninguna otra disensión más que la que ellos mismos suscitaron.[15] Pero los Estados constituidos como el de Francia es imposible poseerlos tan quietamente. Por esto hubo, tanto en España como en Francia, frecuentes rebeliones similares a las que los romanos experimentaron en Grecia, a causa de los numerosos principados que se hallaban allí. Mientras perduró su memoria en aquel país, los romanos no tuvieron más que una posesión incierta, pero después de haberla perdido se hicieron seguros poseedores por medio de la dominación y la estabilidad de su imperio. Cuando los romanos pelearon allí unos contra otros, cada uno de

---

15 Se trata de Darío III Codomano (337-330 a. C.), príncipe que regía el Imperio persa cuando la invasión de Alejandro y que murió acuchillado por unos nobles persas.

ambos partidos pudo atraerse una fracción de aquellas provincias según la autoridad que había ejercido allí, porque al haberse extinguido la familia de sus antiguos dominadores, aquellas provincias reconocían ya por únicos señores a los romanos. Prestando atención a todas estas particularidades, no causará ya extrañeza la facilidad que Alejandro tuvo para conservar el Estado de Asia ni las dificultades que experimentaron para mantenerse en la posesión de lo que habían adquirido Pirro y otros muchos. No provinieron ellas del muchísimo o poquísimo talento por parte del vencedor, sino de la diversidad de los Estados que habían conquistado.

CAPÍTULO V

CÓMO DEBEN GOBERNARSE LAS CIUDADES O PRINCIPADOS QUE, ANTES DE SU CONQUISTA POR UN NUEVO PRÍNCIPE, SE GOBERNABAN CON LEYES PROPIAS

Cuando se desea conservar aquellos Estados acostumbrados a vivir con sus propias leyes y en libertad, es preciso abrazar una de estas tres resoluciones: primero, arruinarlos; segundo, ir a vivir en ellos, y por último, dejarles sus leyes a estos pueblos, obligándolos a pagar una contribución anual y creando en su país un tribunal de un corto número que cuide de conservarlos fieles. Creado este Consejo por el príncipe y sabiendo él que no puede subsistir sin su amistad y poder, tiene mayor interés en conservarle en su autoridad. Una ciudad habituada a vivir libre y que uno quiere conservar se contiene mucho más fácilmente por medio del inmediato influjo de sus propios ciudadanos que de cualquier otro modo. Los espartanos y los romanos probaron esto con sus ejemplos.

Sin embargo, los espartanos, que habían conservado Atenas y Tebas por medio de un Consejo de un corto número de ciudadanos, acabaron perdiéndolas, y los romanos, que para poseer Capua, Cartago y Numancia las habían desorganizado, no las perdieron. Cuando éstos quisieron conservar Grecia con escasas diferencias con respecto a como la habían gobernado los espartanos, dejándola libre con sus leyes, no les salió acertada esta operación, y se vieron obligados a desorganizar muchas ciudades de esta provincia para guardarla. En verdad, no hay medio más seguro para conservar

semejantes Estados que arruinarlos. El que se hace señor de una ciudad acostumbrada a vivir libre y no descompone su régimen debe contar con ser derrocado él mismo por ella. Para justificar semejante ciudad su rebelión ostentará el nombre de la libertad y de sus antiguas leyes, cuyo hábito no podrán hacerle perder nunca el tiempo ni los beneficios del conquistador. Por más que se haga, y aunque se practique algún expediente de previsión, si no se desunen y dispersan sus habitantes no olvidará nunca aquel nombre de libertad ni sus particulares estatutos y aun recurrirá a ellos a la primera ocasión, como lo hizo Pisa, aunque había estado numerosos años, y aun hacía ya un siglo, bajo la dominación de los florentinos.[16]

Pero cuando las ciudades o provincias están habituadas a vivir bajo un príncipe, como están habituadas por una parte a obedecer, y por otra carecen de su antiguo señor, no concuerdan los ciudadanos entre sí para elegir a otro nuevo. Así pues, no saben vivir libres y son más tardos en tomar las armas. Se las puede conquistar con más facilidad y asegurar su posesión.

En las repúblicas, por el contrario, hay más vida, más odio contra el conquistador y mayor deseo de venganza contra él. Como no se pierde en ellas la memoria de la antigua libertad, que sobrevive con toda su actividad, el más seguro partido consiste en disolverlas o habitar en ellas.

---

16 Pisa fue vendida por Gabrielle Maria Visconti a Florencia, la cual la ocupó en 1506, tras vencer una desesperada resistencia de los pisanos, con motivo de la entrada de Carlos VIII en Italia. Pisa se rebeló contra Florencia y únicamente en 1509, tras numerosas tentativas frustradas, se pudo imponer su dominio en ella.

CAPÍTULO VI

DE LOS PRINCIPADOS QUE UNO ADQUIERE CON SUS PROPIAS ARMAS Y VIRTUDES[17]

A nadie debe extrañar si al hablar ya de los Estados que son nuevos bajo todos los aspectos, ya de los que no lo son más que bajo el del príncipe o bajo el del Estado mismo, aduzco grandes ejemplos de la Antigüedad. Los hombres transitan casi siempre por caminos trillados ya por otros, y casi no hacen más que imitar a sus predecesores en las acciones que se les ve hacer; pero como no pueden seguir en todo el camino abierto por los antiguos ni se elevan a la perfección de los modelos que ellos se proponen, el hombre prudente debe elegir únicamente los caminos trillados por algunos varones insignes, e imitar a los que sobrepujaron a los demás, a fin de que si no consigue igualarlos tengan sus acciones por lo menos alguna semejanza con las suyas. Debe hacer como los ballesteros bien advertidos que, viendo su blanco muy distante para la fuerza de su arco, apuntan mucho más alto que el objetivo que tienen en mira, no para que su vigor y sus flechas alcancen a un punto de mira en esta altura, sino a fin de poder llegar en línea parabólica, asestando así, a su verdadero blanco. Digo, pues, que en los principados que son nuevos por completo, y cuyo príncipe, por consiguiente, es nuevo, hay más o menos dificultad en conservarlos según

---

17 Muchas de las afirmaciones de Maquiavelo que aparecen en este capítulo coinciden con las que Aristóteles hace en su *Política* a propósito de los tiranos.

que el que los adquirió sea más o menos virtuoso. Como el suceso por el que un hombre se hace príncipe, de particular que él era, presupone alguna virtud o fortuna, parece que la una o la otra de estas dos cosas allanan en parte muchas dificultades; sin embargo, se vio que el que no había sido auxiliado por la fortuna se mantuvo durante más tiempo. Lo que proporciona también algunas facilidades es que, no teniendo este príncipe otros Estados, vaya a residir en aquél del cual se ha hecho soberano.

Mas volviendo a los hombres que, con su propia virtud y no con la fortuna, llegaron a ser príncipes, digo que los más dignos de imitarse son: Moisés, Ciro, Rómulo, Teseo y otros semejantes. Y, en primer lugar, aunque no debemos discurrir sobre Moisés, porque él sólo fue un mero ejecutor de las cosas que Dios le había ordenado hacer, diré, sin embargo, que merece admiración aunque no fuera más que por aquella gracia que le hacía digno de conversar con Dios. Pero considerando a Ciro y a los otros que adquirieron o fundaron reinos, los hallamos dignos de elogio y de admiración. Y si se examinaran sus acciones e instituciones en particular, no parecieran ellas diferentes de las de Moisés aunque él había tenido a Dios por señor. Examinando sus acciones y conductas, no se verá que ellos obtuviesen cosa alguna de la fortuna más que una ocasión propicia, que les facilitó el medio de introducir en sus nuevos Estados la forma que les convenía. Sin esta ocasión, la virtud de su ánimo se hubiera extinguido, pero también, sin esta virtud, se hubiera presentado en balde la ocasión. Le era, pues, necesario a Moisés hallar al pueblo de Israel esclavo en Egipto y oprimido por los egipcios, a fin de que este pueblo estuviera dispuesto a seguirle para salir de la esclavitud. Convenía que a Rómulo, tras su nacimiento, nadie lo criara en Alba y fuera expuesto, para que él se hiciera rey de Roma y fundador de un Estado de que formó su patria. Era menester que Ciro hallase a los persas descontentos del imperio de los medos, y a éstos a su vez afeminados por una larga paz, para hacerse soberano suyo. Teseo no hubiera podido desplegar su virtud si no hubiera hallado dispersos a los atenienses. Tales ocasiones, sin embargo, propiciaron la fortuna de semejantes héroes, mas su excelente sabiduría les dio a conocer la virtud de estas ocasiones, y de ello provinieron la felicidad y prosperidad de sus Estados.

Los que por medios semejantes llegan a ser príncipes no adquieren su principado sin trabajo, pero lo conservan fácilmente, y las dificultades que experimentan al adquirirlo dimanan en parte de las nuevas leyes y modos que les es indispensable introducir para fundar su Estado y su seguridad. Debe notarse que no hay cosa más difícil de manejar ni cuyo acierto sea más dudoso ni se haga con más peligro que obrar como jefe para introducir nuevos estatutos. Tiene el introductor por enemigos activísimos a cuantos sacaron provecho de los antiguos estatutos, mientras que los que pudieran sacar el suyo de los nuevos no los defienden más que con tibieza. Semejante tibieza proviene en parte de que temen a sus adversarios que se aprovecharon de las antiguas leyes, y en parte de la poca confianza que los hombres tienen en la bondad de las cosas nuevas, hasta que se haya adquirido una sólida experiencia de ellas. Resulta de esto que siempre que los que son enemigos suyos hallan una ocasión de rebelarse contra ellas, lo hacen por espíritu de partido; no las defienden los otros entonces más que tibiamente, de modo que peligra el príncipe con ellas.

Cuando uno quiere discurrir adecuadamente sobre este particular, precisa examinar si estos innovadores tienen por sí mismos la necesaria consistencia o si dependen de los otros; es decir, si, para dirigir su operación, tienen necesidad de rogar o si pueden imponerse. En el primer caso nunca aciertan ni conducen al éxito cosa alguna; pero cuando no dependen sino de sí mismos y pueden forzar a los demás, rara vez dejan de conseguir su fin. Por esto, todos los profetas armados tuvieron acierto, y se desgraciaron cuantos estaban desarmados.

Además de las cosas que hemos dicho, conviene notar que el natural sentir de los pueblos es variable. Se podrá hacerles creer fácilmente una cosa, pero habrá dificultad para hacerles persistir en esta creencia. En consecuencia, es menester componerse de modo que, cuando hayan cesado de creer, sea posible forzarlos a creer todavía. Moisés, Ciro, Teseo y Rómulo no hubieran podido hacer observar mucho tiempo sus constituciones si hubieran estado desarmados, como le sucedió al fraile Jerónimo Savonarola, que se desgració en sus nuevas instituciones. Cuando la multitud comenzó ya a no creerle inspirado, no tenía él medio alguno para retener forzadamente en su creencia a los que la perdían ni para obligar a creer a los que ya no creían.[18]

Los príncipes de esta clase experimentan, sin embargo, sumas dificultades en su conducta; todos sus pasos van acompañados de peligros, y les es necesaria la virtud para superarlos. Pero cuando han triunfado de ellos, y empiezan a ser respetados, como han subyugado entonces a los hombres que tenían envidia de su cualidad de príncipe, permanecen poderosos, seguros, reverenciados y dichosos.

A tan relevantes ejemplos quiero añadir otro de clase inferior que, sin embargo, no estará en desproporción con ellos. Me bastará escoger, entre todos, el de Hierón siracusano. De particular que era llegó a ser príncipe de Siracusa sin obtener cosa alguna de la fortuna más que una favorable ocasión. Hallándose oprimidos los siracusanos le nombraron caudillo suyo, en cuyo cargo mereció ser elegido después príncipe. Había sido tan virtuoso en su condición privada que, en opinión de los historiadores, no le faltaba entonces para reinar más que poseer un reino. Después de que hubo empuñado el cetro licenció las antiguas tropas, formó otras nuevas, dejó a un lado a sus antiguos amigos procurándose otros nuevos; y como tuvo entonces amigos y soldados que eran realmente suyos, pudo establecer, sobre tales fundamentos, cuanto quiso, de modo que conservó sin trabajo lo que no había adquirido más que con largos y penosos afanes.

---

18 Savonarola (1452-1498) empezó a predicar desde el púlpito de San Marcos pasando inadvertidos en primer lugar sus sermones hasta que, ayudándose de las Sagradas Escrituras, fustigó las costumbres de su tiempo y de la ciudad de tal modo que causó disgusto en la corte de Lorenzo *el Magnífico,* viéndose forzado Savonarola a abandonar Florencia. Vuelto más tarde, a instancias de Pico della Mirandola, reanudó sus prédicas, que hizo cada vez más dramáticas y encendidas. Alcanzó tanto prestigio que tras la expulsión de los Médicis fue inspirador de una reforma política que quiso instalar la democracia en la ciudad, y propugnaba unas costumbres rigurosamente fieles a la moral cristiana. Los acontecimientos posteriores pudieron más que su voluntad y el día 23 de mayo de 1498 fue condenado por cismático y hereje y quemado en la plaza de la Signoria. Maquiavelo, al examinar algunas de las cualidades de Savonarola, no las niega pero sí muestra disconformidad con sus modos de expresión y sus principios.

CAPÍTULO VII

DE LOS PRINCIPADOS NUEVOS QUE SE ADQUIEREN CON LAS ARMAS Y LA FORTUNA AJENAS[19]

L os que de particulares que eran fueron elevados al principado sólo por la fortuna, llegan a él sin mucho trabajo, pero tienen uno sumo para su conservación. No encuentran dificultades en el camino para llegar a él, porque son elevados como en volandas, pero cuando lo han conseguido se les presentan entonces todas cuantas especies de obstáculos existen.

Tales príncipes no pudieron adquirir su Estado más que de uno u otro de estos dos modos: o comprándolo o haciéndoselo dar por favor; como les sucedió, por una parte, a muchos en Grecia en las ciudades de Jonia y del Helesponto, en donde Darío nombró varios príncipes que debían retenerlas para su propia gloria y seguridad; y por otra entre los romanos a aquellos particulares que se hacían elevar a la dignidad del imperio por medio de la corrupción de los soldados. Semejantes príncipes no tienen más fundamentos que la voluntad o fortuna de los hombres que los exaltaron. Pues bien, ambas cosas son muy variables, y totalmente carentes de estabilidad. Fuera de esto, no saben ni pueden mantenerse en esta altura. No lo saben porque, a no ser un hombre de ingenio y superior virtud, no es verosímil que después de haber vivido en una condición privada se sepa

---

19 De nuevo se aparta aquí Maquiavelo de las habituales y socorridas recomendaciones para el príncipe que figuraban en los memoriales de la época.

reinar. No lo pueden a causa de que no tienen tropa alguna con cuyo apego y fidelidad puedan contar.

De otra parte, los Estados que se forman repentinamente son como todas aquellas producciones de la naturaleza que nacen con rapidez: no pueden tener raíces ni las adherencias que les son necesarias para consolidarse. Los arruinará el primer choque de la adversidad si, como he dicho, los que se han hecho príncipes de repente no poseen un vigor lo bastante grande como para estar dispuestos inmediatamente a conservar lo que la fortuna acaba de entregar en sus manos ni se hayan dotado de los mismos fundamentos que los demás príncipes se habían formado antes de serlo.

De estas dos maneras de ascender al principado, a saber, con la virtud o la fortuna, quiero exponer dos ejemplos que la historia de nuestros tiempos presenta: los de Francesco Sforza y César Borgia.

Francesco, de simple particular que él era, llegó a ser duque de Milán por medio de un gran valor virtuoso y de los recursos que su ingenio podía suministrarle; por lo mismo conservó sin mucho trabajo lo que él no había adquirido más que con sumos afanes. Por otra parte, César Borgia, llamado vulgarmente el duque de Valentinois, que no adquirió sus Estados más que por la fortuna de su padre, los perdió después de que ella le hubo faltado, aunque hizo uso entonces de todos los medios imaginables para retenerlos, e hizo gala, para consolidarse en los principados que armas y fortuna ajenas le habían otorgado, de cuanto podía un hombre prudente y virtuoso.

He dicho que quien no preparó los fundamentos de su soberanía antes de ser príncipe podía hacerlo después si tenía un superior talento, aunque estos fundamentos no pueden formarse entonces más que con muchos disgustos para el arquitecto, y con muchos peligros para el edificio. Si se consideran, pues, los progresos del duque de Valentinois, se observará que había preparado poderosos fundamentos para su futura dominación, y no tengo por superfluo darlos a conocer porque no me es posible dar lecciones más útiles a un *príncipe nuevo* que las acciones de aquél. Si sus instituciones no le sirvieron de nada no fue por culpa suya, sino de una extrema y extraordinaria malignidad de la fortuna.

Alejandro VI quería elevar a su hijo, el duque, a un gran poder y dignidad, y veía para ello fuertes dificultades en lo presente y en lo futuro. Primeramente, no sabía cómo hacerle señor de un Estado que no perteneciera a la Iglesia, y cuando volvía sus miras hacia un Estado de la Iglesia para desmembrarlo en favor de su hijo, preveía que el duque de Milán y los venecianos no consentirían en ello. Faenza y Rímini, Estados que él desde luego quería cederle, estaban ya bajo la protección de los venecianos. Veía, además, que los ejércitos de Italia, y sobre todo aquéllos de los que hubiera podido valerse, estaban en poder de quienes debían temer el engrandecimiento del papa y no podía fiarse de estos ejércitos, porque todos ellos estaban mandados por Orsini, Colonna o allegados suyos.[20] Era menester, pues, que se turbara este orden de cosas, que se introdujera el desorden en los Estados de Italia, a fin de que le fuera posible apoderarse, seguramente, de una parte de ellos. Esto le fue posible a causa de que él se encontraba en aquella coyuntura en que, movidos de razones particulares, los venecianos se habían resuelto a hacer que los franceses volvieran otra vez a Italia. No sólo no se opuso a ello, sino que aun facilitó esta maniobra mostrándose favorable a Luis XII con la sentencia de la disolución de su matrimonio con Juana de Francia. Este monarca vino, pues, a Italia con la ayuda de los venecianos y el consentimiento de Alejandro. No bien hubo estado en Milán cuando el papa obtuvo algunas tropas para la empresa que había meditado sobre la Romaña, y le fue cedida ésta a causa de la reputación del rey.

Tras haber adquirido finalmente el duque aquella provincia y aun derrotado también a los Colonna, quería conservarla y avanzar más allá, pero le embarazaban dos obstáculos. Uno se hallaba en el ejército de los Orsini de que se había servido, pero de cuya fidelidad desconfiaba, y el otro consistía en la oposición que Francia podía hacer a ello. Temía, por una parte, que le faltasen las armas de los Orsini, y que ellas no solamente le impidiesen conquistar, sino que también le arrebatasen lo que él había adquirido; por

---

20 Las tropas de que podía valerse el papado o que podían estar al servicio de César estaban bajo el mando de los Colonna y Orsini en Roma, los Baglione de Perusa, los Vitelli de Città di Castello y otros capitanes mercenarios menos importantes. César no podía fiarse de tales fuerzas y por esto Maquiavelo tendrá ocasión de contar la prisión y muerte de algunos de ellos.

otra parte, recelaba de que el rey de Francia obrara con respecto a él como los Orsini. Su desconfianza relativa a estos últimos estaba fundada en que cuando, después de haber tomado Faenza, asaltó Bolonia, los había visto obrar con flojedad. En cuanto al rey, comprendió lo que podía temer de él cuando, después de haber tomado el ducado de Urbino, atacó la Toscana, pues el rey le hizo desistir de esta empresa. En semejante situación, resolvió el duque no depender ya de la fortuna y las armas ajenas, a cuyo efecto comenzó debilitando, incluso en Roma, las facciones de los Orsini y Colonna, ganando a cuantos nobles le eran adictos. Les nombró gentilhombres suyos, les honró con elevados empleos y les confió, según sus méritos personales, varios gobiernos o mandos, de modo que se extinguió en ellos a los pocos meses el espíritu de la facción a que se adherían y su afecto se volvió entero hacia el duque. Después aceleró la ocasión de arruinar a los Orsini. Había dispersado ya a los partidarios de la casa Colonna y la ocasión se le volvió favorable y la aprovechó lo mejor que pudo. Habiendo advertido muy tarde los Orsini que el poder del duque y el del papa como soberano acarreaban su ruina, convocaron una dieta en Magione, en el país de Perusa. Resultó de ello la rebelión de Urbino contra el duque, como también los tumultos de la Romaña, e infinitos otros peligros para él; pero superó todas estas dificultades con el auxilio de los franceses. Después de que hubo recuperado alguna reputación, no fiándose ya en ellos ni en las demás fuerzas que le eran ajenas, y no queriendo estar en la necesidad de probarlas de nuevo, recurrió a la astucia, y supo encubrir en tanto grado su genio que los Orsini, por la mediación del señor Paolo, se reconciliaron con él. No careció de medios serviciales para asegurárselos, dándoles vistosos trajes, dinero, caballos. Tan bien disimuló que, aprovechándose de la simplicidad de su confianza, acabó reduciéndolos a caer en su poder en Sinigaglia. Habiendo destruido en esta ocasión a sus jefes, y creándose con sus partidarios otros tantos amigos de su persona, proporcionó con ello muy buenos fundamentos a su dominación: toda Romaña con el ducado de Urbino, y se había ganado ya a todo su pueblo, en atención a que bajo su gobierno habían comenzado a gustar de un bienestar entre ellos desconocido hasta entonces.

Como esta parte de la vida de este duque merece estudiarse y aun imitarse por otros, no quiero dejar de exponerla con algún detalle. Después de que hubo ocupado Romaña, la encontró mandada por señores inhábiles que más bien habían despojado que corregido a sus gobernados y que habían dado motivo a más desuniones que uniones, de forma tal que esta provincia estaba llena de latrocinios, contiendas y de todas las demás especies de desórdenes, tuvo necesidad, para establecer en ella la paz y hacerla obediente a su príncipe, de darle un vigoroso gobierno. En consecuencia, envió allí por gobernador a messer Ramiro de Lorca, hombre severo y expedito, en quien delegó una autoridad casi ilimitada. Éste en poco tiempo restableció el sosiego en aquella provincia, reunió con ella a los ciudadanos divididos, y aun le proporcionó un gran prestigio. Habiendo juzgado después el duque que la desmesurada autoridad de Ramiro ya no convenía allí, y temiendo que se volviera muy odiosa, erigió en el centro de la provincia un tribunal civil, presidido por un hombre excelente, en el que cada ciudad tenía su defensor. Como le constaba que los rigores ejercidos por Ramiro de Lorca habían dado origen a algún odio contra su propia persona, y queriendo lo mismo desterrarlo de los corazones de su pueblo que ganárselos del todo, trató de persuadirles que no debían imputársele aquellos rigores, sino al duro genio de su ministro. Para convencerlos de esto, resolvió castigar a su ministro, y cierta mañana mandó dividirlo en dos pedazos y mostrarlo así hendido en la plaza pública de Cesena, con un cuchillo ensangrentado y un trozo de madera al lado. La ferocidad de semejante espectáculo hizo que su pueblo, durante algún tiempo, quedara tan satisfecho como atónito.

Mas volviendo al punto de partida, digo que hallándose muy poderoso el duque, y asegurado en parte contra los peligros de entonces, porque se había armado a su modo y tenía destruidas en gran parte las armas de los vecinos que podían perjudicarle, le quedaba el temor de Francia, puesto que él deseaba continuar sus conquistas. Sabedor de que el rey, que había advertido algo tarde su propia falta, no sufriría que el duque se engrandeciera más, echose a buscar nuevos amigos. Desde entonces se mostró indeciso con respecto a Francia cuando marcharon los franceses hacia el reino de Nápoles contra las tropas españolas que sitiaban Gaeta. Su intención era asegurarse contra ellos, y lo habría logrado pronto de haber continuado viviendo Alejandro.

Y éstas fueron sus precauciones en lo que respecta a las circunstancias de entonces. En cuanto a las futuras, tenía que temer ante todo que el sucesor de Alejandro VI no le fuera favorable y tratara de quitarle lo que le había dado. Para precaver este inconveniente, imaginó cuatro medios. Fueron: primero, extinguir las familias de los señores a quienes él había despojado, a fin de quitarle al papa los socorros que aquéllos hubieran podido suministrarle; segundo, ganarse a todos los nobles de Roma, a fin de poner con ellos, como ya he dicho, un freno al papa incluso en Roma; tercero, conciliarse, lo más que le fuera posible, con el sacro colegio de los cardenales, y cuarto, adquirir, antes de la muerte de Alejandro, tan gran poder que se hallara en condiciones de resistir por sí mismo el primer asalto cuando ya no existiera su padre.

De estos cuatro expedientes había conseguido ya los tres primeros al morir el papa Alejandro, y el cuarto estaba ejecutándose. Hizo perecer a cuantos había podido prender de aquellos señores a quienes tenía despojados, y se le escaparon pocos. Se había ganado a los nobles de Roma, y adquirido un grandísimo influjo en el sacro colegio. En cuanto a sus nuevas conquistas, había proyectado hacerse señor de la Toscana, y poseía ya Perusa y Piombina, después de haber tomado Pisa bajo su protección. Como ya no estaba obligado a tener miramientos con Francia, que no le guardaba realmente ninguno, en atención a que los franceses se hallaban a la sazón despojados del reino de Nápoles por los españoles, y a que unos y otros estaban obligados a solicitar su amistad, se echaría sobre Pisa, lo cual bastaba para que Luca y Siena le abriesen sus puertas, sea por celos contra los florentinos, sea por temor a su venganza, y los florentinos carecían de medios para oponerse. Si esta empresa le hubiera salido acertada, y se hubiera puesto en ejecución el año en que murió Alejandro, habría adquirido el duque tan grandes fuerzas y tanta fama que se habría sostenido por sí mismo, sin depender de la fortuna y el poder ajenos. Todo ello ya no dependía más que de su poder y virtud.

Pero Alejandro murió cinco años después de que el duque hubiese comenzado a desenvainar la espada. Tan sólo el Estado de la Romaña estaba consolidado, permanecían vacilantes todos los otros, hallándose, además, entre dos ejércitos enemigos poderosísimos. Además, el duque mismo se veía de un tiempo a esa parte asaltado por una enfermedad mortal. Sin embargo, tenía tanto valor y poseía tan superiores talentos, sabía tan bien cómo pueden ganarse o perderse los hombres y los fundamentos que él se había formado en tan escaso tiempo eran tan sólidos, que si no hubiera tenido por contrarios aquellos ejércitos y hubiera estado sano, habría triunfado de todos los demás impedimentos. La prueba de que sus fundamentos eran buenos es perentoria, puesto que la Romaña le aguardó con sosiego más de un mes, y aunque estaba casi moribundo, no tenía que temer nada en Roma. Aunque los Baglioni, Vitelli y Orsini acudieron allí, no emprendieron nada contra él. Si no pudo hacer papa al que quería, por lo menos impidió que lo fuera aquél a quien no quería. Pero si al morir Alejandro hubiera gozado de robusta salud, habría hallado facilidad para todo. Me dijo, aquel día en que Julio II fue elegido papa, que él había pensado en cuanto podía acaecer una vez muerto su padre, y que había hallado remedio para todo, pero que no había pensado en que pudiera morir él mismo.

Después de haber recogido así y cotejado todas las acciones del duque, no puedo condenarlo. Aun me parece que puedo, como lo he hecho, proponerle por modelo a cuantos la fortuna o ajenas armas elevaron a la soberanía. Con las relevantes prendas y profundas miras que él tenía, no podía conducirse de otro modo. No tuvieron sus designios más obstáculos reales que la breve vida de Alejandro y su propia enfermedad.

Quien juzgue, pues, necesario, en su nuevo principado, asegurarse de sus enemigos, ganarse nuevos amigos, triunfar por medio de la fuerza o el fraude, hacerse amar y temer por el pueblo, seguir y respetar de los soldados, mudar los antiguos estatutos en otros recientes, desembarazarse de los hombres que pueden y deben perjudicarle, ser severo y agradable, magnánimo y liberal, suprimir la tropa infiel y formar otra nueva, conservar la amistad de los reyes y príncipes de modo que tengan que servirle con buena gracia o no ofenderle más que con respeto, no puede hallar ejemplo más reciente que las acciones de este duque, por lo menos hasta la muerte de su padre.

Su política cayó después gravemente en falta cuando, en la nominación del sucesor de Alejandro, permitió el duque una elección adversa para sus intereses en la persona de Julio II. No le era posible la elección de un papa de su gusto, pero tenía la facultad de impedir que éste o aquél fueran papas, y no debía permitir jamás que se confiriera el pontificado a ninguno de los cardenales a quienes él había ofendido o que, hechos pontífices, tuvieran motivos para temerlo, porque los hombres ofenden por miedo o por odio. Los cardenales a quienes él había ofendido eran, entre otros, el de San Pedro ad Víncula, los cardenales Colonna, San Jorge y Ascanio. Todos los demás, una vez elevados al pontificado, estaban en el caso de temerlo, excepto el cardenal de Ruan, a causa de su fuerza, puesto que tenía tras de sí al reino de Francia, y los cardenales españoles por parentesco, con los que estaba confederado y le debían favores. Así, el duque debía, ante todo, hacer elegir como papa a un español, y de no ser posible, debía consentir en que se eligiera al cardenal de Ruan y no al de San Pedro ad Víncula. Incurre en un error cualquiera que crea que los nuevos beneficios hacen olvidar a los eminentes personajes las antiguas injurias. Al tiempo de esta elección cometió el duque, pues, una grave falta, y tan grave que le ocasionó la ruina.

CAPÍTULO VIII

DE QUIENES LLEGARON AL PRINCIPADO COMETIENDO CRÍMENES

Como uno, de simple particular, llega a ser también príncipe de otros dos modos sin deberlo todo a la fortuna o a la virtud, no conviene que aquí yo omita tratar de uno y otro de estos modos, aunque puedo reservarme discurrir con más extensión sobre el segundo al tratar de las repúblicas. El primero es cuando un particular se eleva por una vía malvada y dañina al principado, y el segundo cuando un hombre llega a ser príncipe de su patria mediante el favor de sus conciudadanos.

En cuanto al primer modo, la historia presenta dos ejemplos: uno antiguo y otro moderno. Me ceñiré a citarlos sin profundizar la cuestión, porque soy del parecer que ellos dicen bastante para cualquiera que estuviera en el caso de imitarlos.

El primer ejemplo es el del siciliano Agatocles, quien había nacido de una condición no sólo ordinaria, sino también baja y vil, llegó a empuñar, sin embargo, el cetro de Siracusa. Hijo de un alfarero, había manifestado, en todas las circunstancias, una conducta reprensible, pero sus perversas acciones iban acompañadas de tanto vigor corporal y fortaleza de ánimo que, tras darse a la profesión militar, ascendió, por los diversos grados de la milicia, hasta el de pretor de Siracusa. Cuando se hubo visto elevado a este puesto resolvió hacerse príncipe y retener con violencia, sin ser deudor de ello a nadie, la dignidad que había recibido del libre consentimiento de sus conciudadanos. Después de haberse entendido a este efecto con el general cartaginés Amílcar, que estaba en Sicilia con su ejército, juntó una mañana al pueblo y al senado de Siracusa, como si tuviera que deliberar con ellos sobre cosas importantes para la república, y dando en aquella asamblea a sus soldados la señal acordada, mandó matar a todos los senadores y a los más ricos ciudadanos que allí se hallaban. Librado de éstos, ocupó y conservó el principado de Siracusa sin que se manifestara guerra ninguna civil contra él.[21] Aunque se vio después dos veces derrotado y aun sitiado por los cartagineses, no sólo pudo defender su ciudad sino que también, tras dejar una parte de sus tropas para custodiarla, fue con otra a atacar África, de modo que en poco tiempo liberó Siracusa del sitio y puso a los cartagineses en tanto apuro que se vieron forzados a tratar con él, y se contentaron con la posesión de África y abandonó por completo Sicilia.

Si analizamos sus acciones y méritos, no veremos nada o casi nada que pueda atribuirse a la fortuna. No consiguió la soberanía mediante el favor de nadie, como he dicho más arriba, sino por medio de los grados militares adquiridos a costa de incontables fatigas y peligros. Si bien se mantuvo en ella por medio de infinidad de acciones tan peligrosas como llenas de audacia, lo cierto es que no puede aprobarse lo que hizo para conseguirla. La matanza de sus conciudadanos, la traición a sus amigos, su absoluta falta de fe, de humanidad y religión, son ciertamente medios con los que uno puede adquirir el imperio, pero nunca adquiere con ellos ninguna gloria.

No obstante, si consideramos la virtud de Agatocles en el modo con que arrostra los peligros y sale de ellos, y la sublimidad de su ánimo en soportar y vencer los acontecimientos que le son adversos, no vemos por qué le tendríamos por inferior al mayor campeón de cualquier especie. Pero su feroz crueldad y despiadada inhumanidad, sus innumerables maldades, no permiten alabarlo como si mereciera ocupar un lugar entre los hombres

---

21 Maquiavelo no relata exactamente la historia del golpe de Estado de Agatocles.

insignes más eminentes; vuelvo a concluir que no puede atribuirse a la fortuna ni a la virtud lo que adquirió sin ambas.

El segundo ejemplo más inmediato a nuestros tiempos es el de Oliverotto de Fermo. Tras haber estado, durante su niñez, al cuidado de su tío materno, Giovanni Fogliani, éste lo enroló en el ejército del capitán Paolo Vitelli, a fin de llegar bajo semejante maestro a algún grado elevado en las armas.[22] Tras la muerte de Paolo, y sucedido su hermano Vitellozzo en el mando, peleó bajo sus órdenes, y como tenía talento y además era robusto de cuerpo y sumamente valeroso, llegó a ser en breve tiempo el primer hombre de su tropa. Juzgando entonces que era cosa servil permanecer confundido entre el vulgo de los capitanes, concibió el proyecto de apoderarse de Fermo con la ayuda de Vitellozzo y de algunos ciudadanos que tenían más amor a la esclavitud que a la libertad de su patria. En consecuencia, le escribió a su tío Giovanni Fogliani que era cosa natural que después de tan dilatada ausencia él quisiera volver para abrazarlo, ver su patria, reconocer de algún modo su patrimonio, y que iba a volver a Fermo pero que, al no haberse fatigado durante tan larga ausencia más que para adquirir algún honor, y queriendo mostrar a sus conciudadanos que él no había malgastado el tiempo a este respecto, se creía en el deber de presentarse de un modo honroso, acompañado de cien soldados de a caballo, amigos suyos, y de algunos servidores. Le rogó, en consecuencia, que hiciera de modo que le recibieran los ciudadanos de Fermo con distinción, en atención a que semejante recibimiento no sólo lo honraría a él mismo, sino que también redundaría en mayor gloria de su tío, puesto que él era su discípulo. Giovanni no dejó de hacer cuanto él solicitaba y de lo que le parecía ser acreedor su sobrino. Hizo que lo recibieran los habitantes de Fermo con honor, y le hospedó en su palacio. Oliverotto, después de haberlo dispuesto todo para la maldad que estaba premeditando, dio en él una espléndida comida a la que convidó a Giovanni Fogliani y a todas las personas más eminentes de Fermo. Al finalizar la comida, cuando, según la costumbre, no se hacía más que conversar

---

22 Paolo Vitelli fue, en realidad, uno de los condotieros más célebres de su tiempo. Aunque no lo acusa directamente de traición, Maquiavelo, por entonces secretario de los Dieci, da a entender que no dirigía las operaciones bélicas como era deseable.

sobre cosas de que se habla comúnmente en la mesa, hizo recaer Oliverotto diestramente la conversación sobre la grandeza de Alejandro VI y de su hijo César, como también sobre sus empresas. En tanto que respondía a los discursos de los otros y que los otros replicaban a los suyos, se levantó de repente diciendo que aquélla era una materia de la que no podía hablarse más que en el más oculto lugar, y se retiró a un cuarto particular al que Fogliani y todos los demás ciudadanos ilustres lo siguieron. Apenas se hubieron sentado allí cuando, por salidas ignoradas de ellos, entraron diversos soldados que los degollaron a todos, sin perdonar a Fogliani. Después de esta matanza Oliverotto montó a caballo y recorriendo la ciudad fue a sitiar en su propio palacio al principal magistrado. Obró tan bien que, poseídos todos los habitantes de temor, se vieron obligados a obedecerlo y formar un nuevo gobierno cuyo soberano se hizo él mismo.

Librado Oliverotto por este medio de todos aquellos hombres cuyo descontento podía temer, fortificó su autoridad con nuevos estatutos civiles y militares, de modo que en el espacio del año en que detentó la soberanía no sólo estuvo seguro en la ciudad de Fermo, sino que también se hizo formidable para todos sus vecinos, y hubiera sido tan inexpugnable como Agatocles si no se hubiera dejado engañar por César Borgia cuando, en Sinigaglia, sorprendió éste, como ya he dicho, a los Orsini y Vitelli. Apresado el propio Oliverotto en esta ocasión, un año después de su parricidio, le dieron garrote junto a Vitellozzo, que había sido su maestro en la virtud y la maldad.

Podría preguntarse por qué Agatocles y algún otro de la misma especie pudieron, después de tantas traiciones e innumerables crueldades, vivir mucho tiempo seguros en su patria y defenderse de los enemigos exteriores, así como también por qué sus conciudadanos no se conjuraron nunca contra ellos, mientras que haciendo otros muchos uso de la crueldad no pudieron conservar jamás sus Estados, tanto en tiempo de paz como en guerra. Creo que esto dimana del buen o del mal uso que se hace de la crueldad. Podemos llamar buen uso a los actos de crueldad (si es lícito, sin embargo, hablar bien del mal) que se ejercen de una vez, tan sólo por la necesidad de proveer a la propia seguridad, sin continuarlos después, y al mismo tiempo trata uno de dirigirlos, cuanto sea posible, hacia la mayor utilidad de los gobernados. Los actos de severidad mal usados son aquéllos que, al ser sólo en corto número al principio, van siempre en aumento y se multiplican de día en día en vez de disminuirse y de procurar su fin. Los que abrazan el primer método pueden, con los auxilios divinos y humanos, remediar, como Agatocles, la incertidumbre de su situación.[23] En cuanto a los demás, no es posible que se mantengan.

Es menester, pues, que el usurpador de un Estado ponga atención en los actos de rigor que le es preciso hacer, y los realice todos de una sola vez y de inmediato, a fin de no estar obligado a volver a ellos todos los días y poder, no renovándolos, tranquilizar a sus gobernados, a los que ganará después con facilidad haciéndoles el bien.

El que obra de otro modo, o bien por timidez o bien siguiendo malos consejos, precisa siempre tener la cuchilla en la mano, y no puede contar nunca con sus gobernados, porque ellos mismos, por el motivo de que está obligado a continuar y renovar incesantemente semejantes actos de crueldad, no pueden estar seguros con él.

Por la razón misma de que los actos de severidad deben hacerse todos juntos, y dejando menos tiempo para reflexionar en ellos, ofenden menos. De ese modo, los beneficios deben hacerse poco a poco, a fin de que se tenga lugar para saborearlos mejor. Un príncipe debe, ante todo, conducirse con sus gobernados de modo que ninguna casualidad, buena o mala, le haga variar, porque si acaecen tiempos penosos, no le queda ya lugar para remediar el mal, y el bien que hace entonces no se convierte en provecho suyo. Lo juzgan como forzado, y no lo agradecen.

---

23 Maquiavelo alude aquí a la redistribución de las tierras y condonación de todas las deudas que Agatocles ordenó inmediatamente después de su golpe de Estado y tras haber aniquilado a la clase poseedora de estos bienes.

CAPÍTULO IX

DEL PRINCIPADO CIVIL

l otro medio según el cual un particular puede hacerse príncipe sin valerse de crímenes ni violencias intolerables es cuando, con el auxilio de sus conciudadanos, llega a reinar en su patria. Pues bien, a este principado lo llamo civil.[24] Para adquirirlo no hay necesidad de cuanto la *virtú* o la fortuna pueden hacer, sino más bien de cuanto una acertada astucia puede combinar. Llega uno a esta soberanía o con el favor del pueblo o con el de los grandes.[25]

En cualquier ciudad hay dos inclinaciones diversas, una de las cuales proviene de que el pueblo desea no ser dominado ni oprimido por los grandes, y la otra de que los grandes desean dominar y oprimir al pueblo. Del choque de ambas inclinaciones dimana una de estas tres cosas: o el establecimiento del principado, o el de la república, o la licencia y anarquía. En cuanto al principado, se promueve su establecimiento por el pueblo o por los grandes, según que uno u otro de estos dos partidos tenga ocasión para ello. Cuando los magnates ven que no pueden doblegar al pueblo, comienzan otorgando una gran reputación a uno de ellos y, dirigiendo todas

---

24 Para Maquiavelo, principado civil es el que se gana con el favor del pueblo. Algunas de las reflexiones de este capítulo coinciden con el libro V de la *Política* de Aristóteles.

25 Para Maquiavelo, virtud y fortuna son las condiciones que hacen eficaz la acción política. Además del empleo exclusivo y singular de cada una de ellas está el ejercicio de lo que él llama la *astucia afortunada*.

las miradas hacia él, lo hacen después príncipe a fin de poder dar, a la sombra de su soberanía, rienda suelta a sus inclinaciones. El pueblo procede del mismo modo con respecto a uno solo cuando ve que no puede dominar a los grandes, a fin de que le proteja con su autoridad.

El que consigue la soberanía con el auxilio de los grandes se mantiene con más dificultad que el que la consigue con el del pueblo, porque en el primer caso, siendo príncipe, se halla cercado por mucha gente que se tiene por igual a él, y no puede mandarla ni manejarla a su discreción. Mas el que llega a la soberanía mediante el favor popular se halla solo en el poder, y entre cuantos lo rodean no hay ninguno, o sólo poquísimos al menos, que no estén prontos a obedecerlo.

Por otra parte, no se puede con decoro y sin agraviar a los otros contentar los deseos de los grandes. Mas contenta uno fácilmente los del pueblo, porque los deseos de éste tienen un fin más honrado que el de los grandes, en atención a que los últimos quieren oprimir, y el pueblo limita su deseo a no ser oprimido.

Añádase a esto que, si el príncipe tiene por enemigo al pueblo, jamás puede estar en seguridad, porque el pueblo se forma de un grandísimo número de hombres. Siendo los magnates poco numerosos, es posible resguardarse de ellos con más facilidad. Lo peor que el príncipe debe temer de un pueblo que no le ama es ser abandonado por él, mas si le son contrarios los grandes debe temer no sólo verse abandonado, sino también atacado y destruido por ellos, porque teniendo estos hombres más previsión y astucia emplean el tiempo en salir del aprieto y solicitan dignidades al lado de aquél a quien esperan ver reinar en su lugar. Además, el príncipe tiene necesidad de vivir siempre con este mismo pueblo, pero puede obrar ciertamente sin los mismos magnates, puesto que puede hacer otros nuevos y deshacerlos todos los días, así como darles crédito o quitarles el que tienen cuando esto los acomode.

Para aclarar más lo relativo a ellos, digo que los grandes deben considerarse bajo dos aspectos principales: o se conducen de modo que se unan en un todo con la fortuna del príncipe, u obran de modo que pasen sin ella. Los que se enlazan con la fortuna, si no son rapaces, deben ser honrados y amados. Los otros que no se unen a ti personalmente pueden considerarse bajo dos aspectos: o se conducen así por pusilanimidad o falta de ánimo, y entonces debes servirte de ellos como de los primeros, en especial cuando te dan buenos consejos, porque te honran en tu prosperidad y no tienes que temer nada de ellos en la adversidad, o bien sólo te serán adictos por cálculo o por ambición, y entonces manifiestan que piensan más en sí que en ti. El príncipe debe estar sobre aviso contra ellos y mirarlos como a enemigos declarados, porque en su adversidad ayudarán a hacerlo caer.

Un ciudadano, hecho príncipe con el favor del pueblo, debe tender a conservar su afecto, lo cual le es fácil, porque el pueblo sólo le pide no ser oprimido. Pero el que llegó a príncipe con la ayuda de los magnates y contra el voto del pueblo debe, ante todo, tratar de conciliársele, lo que le es fácil cuando lo toma bajo su protección. Cuando los hombres reciben bien de aquél de quien sólo esperaban mal, se apegan más y más a él. Así pues, el pueblo sometido por un nuevo príncipe que se torna bienhechor suyo le coge más afecto que si él mismo, por benevolencia, lo hubiera elevado a la soberanía. Además, el príncipe puede conciliarse con el pueblo de muchos modos, pero éstos son tan numerosos y dependen de tantas circunstancias variables que no puedo dar una regla fija y cierta sobre este particular. Me limito a concluir que es necesario que el príncipe tenga el afecto del pueblo, sin lo cual carecerá de recursos en la adversidad.

Nabis, príncipe nuevo de los espartanos, sostuvo el sitio de toda Grecia y de un ejército romano ejercitado en las victorias. Le fue fácil defender contra uno y otro su patria y Estado porque le bastaba, a la llegada del peligro, vigilar a un corto número de enemigos interiores. Pero no habría logrado estos triunfos de haber tenido al pueblo entero por enemigo. ¡Ah!, no se crea impugnable la opinión que estoy sentando aquí con objetarme aquel tan repetido proverbio: «El que se fía en el pueblo, edifica sobre la arena». Esto es verdad, lo confieso, para un ciudadano privado que, contento con semejante fundamento, creyera que lo libraría el pueblo si él se viera oprimido por sus enemigos o por los magistrados, en cuyo caso podría engañarse a menudo en sus esperanzas, como les sucedió en Roma a los Gracos y en Florencia a micer Giorgio Scali. Pero si el que confía en el pueblo es príncipe suyo, si puede mandarle y es hombre de corazón valeroso, no se atemorizará en la adversidad; si no se olvida de tomar, por otra parte, las más pertinentes disposiciones y mantiene con sus estatutos y su valor el de la generalidad de los ciudadanos, no será engañado jamás por el pueblo, y reconocerá que la confianza que él ha depositado en éste es buena. Estas soberanías tienen la costumbre de peligrar cuando uno las hace subir del orden civil al de una monarquía absoluta, porque el príncipe manda entonces o por sí mismo o por intermedio de sus magistrados. En este último caso, su situación es más débil y peligrosa, porque depende enteramente de la voluntad de los que ejercen las magistraturas, quienes pueden quitarle con gran facilidad el Estado, ya sea sublevándose contra él, ya sea no obedeciéndole. En los peligros, semejante príncipe no está ya a tiempo de recuperar la autoridad absoluta, porque los ciudadanos y gobernados que tienen costumbre de recibir las órdenes de los magistrados no están dispuestos, en estas circunstancias críticas, a obedecer las suyas, y en estos tiempos dudosos él carece siempre de gente de quien pueda fiarse. Semejante príncipe no puede fundar su soberanía sobre lo que ve en los momentos pacíficos, cuando los ciudadanos necesitan del Estado; entonces cada uno corre a servirlo, promete fidelidad y quiere morir por él, en atención a que está remota la muerte. Pero en los tiempos críticos, cuando el Estado necesita de los ciudadanos, se hallan sólo poquísimos de ellos. Esta experiencia es tanto más peligrosa cuanto que uno no puede hacerla más que una vez. En consecuencia, un príncipe prudente debe imaginar un modo por cuyo medio sus gobernados tengan siempre, en todo evento y circunstancias de cualquier especie, una grandísima necesidad de su principado. Es el expediente más seguro para hacérselos fieles para siempre.

CAPÍTULO X

CÓMO DEBEN MEDIRSE LAS FUERZAS DE TODOS LOS PRINCIPADOS [26]

Importa asimismo, al examinar las condiciones de estos principados, tener en cuenta otra consideración: o el principado es lo bastante grande para que en él halle el príncipe, en caso necesario, con qué sostenerse por sí mismo, o es tal que, en semejante caso, se vea precisado a implorar el auxilio ajeno.

Pueden sostenerse los príncipes por sí mismos cuando tienen suficientes hombres y dinero para formar el correspondiente ejército con que estén habilitados para dar batalla a cualquiera que llegara a atacarlos. Necesitan ayuda ajena los que no pudieron salir a campaña contra sus enemigos, se ven obligados a encerrarse dentro de sus muros y deben ceñirse a guardarlos.

Se ha hablado ya del primer caso, y lo mentaremos todavía, cuando se presente la ocasión de ello. En el segundo caso, no podemos menos de alentar a semejantes príncipes a mantener y fortificar la ciudad de su residencia sin inquietarse por el resto del país. Cualquiera que haya fortificado bien el lugar de su mansión y se haya portado bien con sus gobernados, como

---

26 Se inician aquí unos capítulos destinados a tratar de las fuerzas armadas, así como de su importancia para la conservación y seguridad del Estado. Según Maquiavelo, los soportes más firmes para el poder del príncipe y de la ciudad serán unas buenas fortificaciones, una milicia organizada y el afecto de los súbditos.

hemos dicho más arriba y diremos más adelante, no será atacado nunca más que con mucha circunspección, porque los hombres siempre miran con tibieza las empresas que les presentan dificultades, y nunca puede esperarse un triunfo fácil atacando a un príncipe que tiene bien fortificada su ciudad y no es aborrecido de su pueblo.

Las ciudades de Alemania son muy libres, tienen en sus alrededores poco territorio que les pertenezca, obedecen al emperador cuando quieren y no le temen a él ni a ningún otro potentado inmediato, debido a que están fortificadas, y cada uno de ellos ve que le sería dificultoso y adverso atacarlas. Todas tienen fosos, murallas, suficiente artillería, y conservan en sus bodegas, cámaras y almacenes con qué comer, beber y hacer lumbre durante un año. Fuera de esto, a fin de tener suficientemente alimentado al populacho sin que sea gravoso al erario público, tienen siempre por costumbre con qué darle trabajo por espacio de un año en aquella especie de obras que son el nervio y alma de la ciudad, y con cuyo producto se sustenta este populacho. Mantienen también en una gran consideración los ejercicios militares, y tienen sumo cuidado de permanecer vigorosas y adiestradas.

Así pues, un príncipe que tiene una ciudad fuerte y no se hace aborrecer en ella no puede ser atacado. En caso de serlo, el agresor sufriría la vergüenza de tener que retirarse. Son tan variables las cosas terrenas que es casi imposible que quien ataca, si lo llaman en su país por alguna vicisitud inevitable de sus Estados, permanezca ocioso un año con su ejército bajo unos muros que no le es posible asaltar.

Si alguno objetara que, en el caso de que teniendo un pueblo sus posesiones afuera y las viera quemar perdería la paciencia, y que un dilatado sitio y su interés le harían olvidar el de su príncipe, responderé que un príncipe poderoso y valiente superará siempre estas dificultades, ya sea haciendo creer a sus gobernados que el mal no será largo, ya sea haciéndoles temer diversas crueldades por parte del enemigo, o ya sea, por último, protegiéndose con destreza de aquellos súbditos que le parezcan más osados en sus quejas. Fuera de esto, y aunque el enemigo, a su llegada, hubiera debido quemar y asolar el país cuando estaban los sitiados en el primer ardor de la defensa, el príncipe debe tener tanta menos desconfianza después cuanto a continuación de haber transcurrido algunos días se hayan enfriado los ánimos, los daños estén ya hechos, los males sufridos y sin que quede remedio ninguno. En tal caso, los ciudadanos llegan tanto mejor a unirse a él cuanto les parece que ha contraído una nueva obligación con ellos, al haberse arruinado sus posesiones y casas en defensa suya. La naturaleza de los hombres es la de obligarse unos a otros, así tanto con los beneficios que realizan como con los que reciben. De ello es preciso concluir que, considerándolo todo bien, no le es difícil a un príncipe prudente tener, al principio y en lo sucesivo, durante todo el tiempo de un sitio, inclinados a su persona los ánimos de sus conciudadanos cuando no les falta con qué vivir ni con qué defenderse.

CAPÍTULO XI

DE LOS PRINCIPADOS ECLESIÁSTICOS [27]

M e falta hablar ahora únicamente de los principados eclesiásticos, sobre los que no hay otra dificultad que adquirir su posesión, porque hay necesidad, a este efecto, de virtud o de una buena fortuna. No hay necesidad de la una ni la otra para conservarlos; se sostiene uno en ellos por medio de instituciones que, fundadas antiguamente, son tan poderosas y tienen tales propiedades que conservan al príncipe en su Estado de cualquier modo que proceda y se conduzca.

Sólo estos príncipes tienen Estados sin estar obligados a defenderlos y súbditos sin la molestia de gobernarlos. Estos Estados, si bien indefensos, no les son arrebatados; y estos súbditos, aun sin gobierno, no tienen zozobra ninguna por ello, no piensan en mudar de príncipe, ni pueden hacerlo. Son, pues, estos Estados los únicos que prosperan y están seguros. Pero como son gobernados por causas superiores, a las que la razón humana no alcanza, los pasaré en silencio; habría que ser muy presuntuoso y temerario para discurrir sobre unas soberanías erigidas y conservadas por Dios mismo.

---

27 Aunque, según entiende, los principados eclesiásticos no ofrecen materia para la reflexión política, el tema le apasionará y procurará el incremento del poder temporal de la Iglesia y la significación de la misma en los destinos políticos de Italia, llegando a atribuir a este poder el mayor impedimento para la construcción de una monarquía y de la unidad en Italia.

Alguno, sin embargo, me preguntará a qué obedece el hecho que la Iglesia romana se elevara a tan superior grandeza en las cosas temporales, de tal modo que la dominación pontificia de la que, antes del papa Alejandro VI, los potentados italianos, y no solamente los que se llaman potentados, sino también cada barón, cada señor, por más pequeños que fuesen, hacían corto aprecio en las cosas temporales, hace temblar ahora a un rey de Francia, e incluso pudo echarle de Italia, y arruinar a los venecianos. Aunque estos hechos son conocidos, no tengo por cosa baladí presentarlos en parte.[28]

Antes de que el rey de Francia, Carlos VIII, viniera a Italia, esta provincia estaba distribuida bajo el imperio del papa, los venecianos, el rey de Nápoles, el duque de Milán y los florentinos. Estos potentados debían tener dos principales cuidados: uno, que ningún extranjero trajera ejércitos a Italia, y otro, que no se engrandeciera ninguno de ellos. Aquéllos contra quienes más les importaba tomar estas precauciones eran el papa y los venecianos. Para contener a los venecianos era necesaria la unión de todos los otros como se había visto en la defensa de Ferrara, y para contener al papa se valían estos potentados de los barones de Roma, que hallándose divididos en dos facciones, las de los Orsini y los Colonna, tenían siempre, con motivo de sus continuas discusiones, desenvainada la espada unos contra otros, a la vista misma del pontífice, a quien no dejaban de inquietar. De ello resultaba que la potestad temporal del pontificado permanecía siempre débil y vacilante. Aunque de vez en cuando apareciese un papa de vigoroso genio como Sixto IV, la fortuna o su ciencia no podían desembarazarlo de este obstáculo, a causa de la brevedad de su pontificado. En el espacio de diez años que uno con otro reinaba cada papa, no les era posible, por más molestias que se tomaran, abatir una de estas facciones. Si uno de ellos, por ejemplo, conseguía extinguir casi la de los Colonna, otro papa, que fuera enemigo de los Orsini, los hacía resucitar. No le quedaba ya suficiente tiempo para aniquilarlos después, y con ello acaecía que se hacía poco caso de las fuerzas temporales del papa en Italia.

---

28 Cuando en agosto de 1510 Maquiavelo suplicaba a Luis XII de Francia que no declarara la guerra al papa, le daba como razones que si un pontífice aliado no cuenta mucho, enemigo es capaz de concitar la hostilidad de todo el mundo.

Así las cosas, subió al pontificado Alejandro VI quien, mejor que todos sus predecesores, mostró cuánto puede triunfar un papa con su dinero y sus fuerzas frente a todos los demás príncipes. Tomando a su duque de Valentinois por instrumento, y aprovechándose de la ocasión del paso de los franceses, ejecutó cuantas cosas llevo referidas ya al hablar sobre las acciones de este duque. Aunque su intención no había sido aumentar los dominios de la Iglesia, sino únicamente proporcionar otros grandísimos al duque, sin embargo lo que hizo por él ocasionó el engrandecimiento de esta potestad temporal de la Iglesia, puesto que a la extinción del duque heredó ella el fruto de sus guerras. Cuando el papa Julio vino después, la halló muy poderosa, pues poseía toda la Romaña, y todos los barones de Roma estaban sin fuerza puesto que Alejandro, con los diferentes modos de anular sus facciones, las había destruido. Halló también el camino abierto para algunos medios de atesorar dinero que Alejandro no había puesto en práctica nunca. Julio no sólo siguió el curso observado por éste, sino que también formó el designio de conquistar Bolonia, reducir a los venecianos y arrojar de Italia a los franceses. Todas estas empresas le salieron bien, y con tanta más gloria para él mismo cuanto que ellas llevaban el objetivo de acrecentar el patrimonio de la Iglesia, y no el de un particular. Además de esto, mantuvo las facciones de los Orsini y Colonna en los mismos términos en que las halló, y aunque había entre ellas algunos jefes capaces de turbar el Estado, permanecieron sumisos, porque los tenía espantados la grandeza de la Iglesia, y no había cardenales que fueran de su familia, lo cual era causa de sus disensiones. Estas facciones no estarán jamás sosegadas mientras en sus familias existan algunos cardenales, porque éstos mantienen, dentro y fuera de Roma, unos partidos que los barones están obligados a defender; y así es como las discordias y guerras entre los barones dimanan de la ambición de estos prelados.

Sucediendo su santidad el papa León X a Julio, halló el pontificado elevado a un altísimo grado de dominación, y hay fundamentos para esperar que, si Alejandro y Julio lo engrandecieron con las armas, este pontífice lo engrandecerá más todavía, haciéndolo venerable con su bondad y las demás infinitas virtudes que sobresalen en su persona.

CAPÍTULO XII

DE LAS DIFERENTES CLASES DE MILICIA Y DE LOS SOLDADOS MERCENARIOS [29]

Tras haber hablado en particular de todas las especies de principados sobre las que al principio me había propuesto discurrir, considerado bajo algunos aspectos las causas de su buena o mala constitución, y mostrado los medios con que muchos príncipes trataron de adquirirlos y conservarlos, me resta ahora discurrir, de un modo general, sobre las formas de ofensa y defensa que pueden ocurrir en cada uno de los Estados de que llevo hecha mención.

Ya hemos dicho que todo príncipe debe procurar que los cimientos de su poder sean buenos, pues, de lo contrario, se arruinará sin remedio. Las principales bases de todos los Estados, ya sean nuevos, ya sean antiguos, ya sean mixtos, son las buenas leyes y las buenas armas, y puesto que las leyes no pueden ser malas donde son buenas las armas, hablaré de las armas y dejaré a un lado a un lado las leyes.

Las armas con que un príncipe defiende su Estado son: o las suyas propias, o armas mercenarias, o auxiliares, o armas mixtas.

Las mercenarias y auxiliares son inútiles y peligrosas. Si un príncipe apoya su Estado con tropas mercenarias, no estará firme ni seguro nunca, porque éstas carecen de unión, son ambiciosas, indisciplinadas, infieles,

---

29 A lo largo de este capítulo Maquiavelo se centra en el estudio de la organización de las fuerzas militares del Estado.

fanfarronas en presencia de los amigos y cobardes contra los enemigos, y no experimentan temor de Dios ni buena fe con los hombres. Si uno, con semejantes tropas, no queda vencido, es únicamente porque no hay todavía ataque. En tiempo de paz ellas te rapiñan, y en guerra permiten que te despojen los enemigos. La causa de esto es que no tienen más amor ni motivo que te las apegue que el de su sencillo sueldecillo, y aun este sueldecillo no puede hacer que estén resueltas a morir por ti. Tienen a bien ser soldados tuyos mientras no hacen la guerra, pero si ésta sobreviene huyen y quieren retirarse.

No me costaría sumo trabajo persuadir de lo que acabo de decir, puesto que la ruina de Italia en este tiempo no proviene sino de que por espacio de muchos años se descuidó en las armas mercenarias, que lograron, es verdad, algunos triunfos en provecho de tal o cual príncipe y se manifestaron animosas contra varias tropas del país, pero a la llegada del extranjero mostraron lo que realmente eran. Por esto, Carlos VIII, rey de Francia, tuvo facilidad para tomar Italia con tiza,[30] y quien decía que nuestros pecados eran la causa de ello decía verdad, pero no eran los que él creía, sino los que tengo ya mencionados. Y como estos pecados eran los de los príncipes, ellos también recibieron su castigo.

Quiero demostrar aún mejor la desgracia que el uso de esta especie de tropas acarrea. O los capitanes mercenarios son hombres excelentes, o no lo son. Si no lo son, no puedes fiarte de ellos, porque aspiran siempre a elevarse a sí mismos a la grandeza, ya sea oprimiéndote a ti que eres su dueño, ya sea oprimiendo a los otros contra tus deseos, y, si el capitán no es un hombre de valor suele causar tu ruina. Si alguien replica diciendo que cuanto capitán tenga tropas a su disposición, sea o no mercenario, obrará del mismo modo, responderé mostrando cómo estas tropas mercenarias deben emplearse por un príncipe o una república.

El príncipe debe ir en persona a su frente y ejercer por sí mismo el oficio de capitán. La república debe enviar a uno de sus ciudadanos para mandarlas, y si después de sus primeros escarceos no se muestra muy capaz de

---

30   Se refiere a que las tropas francesas, a su paso por Italia, no tuvieron otro trabajo que ir señalando
      con tiza los lugares donde estaban dispuestos los alojamientos.

ello, debe sustituirle con otro. Si por el contrario se muestra muy capaz, conviene que le contenga, por medio de sabias leyes, para impedirle pasar del punto que ella ha fijado.

La experiencia nos enseña que tan sólo los príncipes que tienen ejércitos propios y las repúblicas que gozan del mismo beneficio hacen grandes progresos, mientras que las repúblicas y los príncipes que se apoyan sobre ejércitos mercenarios no experimentan más que reveses. Por otra parte, una república cae menos fácilmente bajo el yugo del ciudadano que manda y quisiera esclavizarla cuando está armada con sus propios ejércitos que cuando no tiene más que ejércitos extranjeros. Roma y Esparta se conservaron libres con sus propias milicias por espacio de muchos siglos, y los suizos, que están armados del mismo modo, se mantienen también sumamente libres.[31]

En lo que respecta a los inconvenientes de los ejércitos mercenarios de la Antigüedad, tenemos el ejemplo de los cartagineses, que acabaron siendo sojuzgados por sus soldados mercenarios después de la primera guerra contra los romanos, aunque los capitanes de estos soldados eran cartagineses. Habiendo sido nombrado Filipo de Macedonia capitán de los tebanos después de muerto Epaminondas, los hizo vencedores, es verdad, pero a continuación de la victoria los esclavizó. Constituidos los milaneses en república después de la muerte del duque Filippo Maria Visconti, emplearon como mantenidos a su sueldo a Francesco Sforza y a su tropa contra los venecianos, y este capitán, después de haber vencido a los venecianos en Caravaggio, se unió a ellos para sojuzgar a los milaneses que, sin embargo, eran sus amos. Cuando Sforza, su padre, que estaba con sus tropas a sueldo de la reina de Nápoles, la abandonó de repente quedó ella tan desarmada que, para no perder su reino, se vio precisada a echarse en brazos del rey de Aragón.

Si los venecianos y florentinos extendieron su dominación con esta especie de milicias durante los últimos años, si los capitanes de éstas no se hicieron príncipes de estas naciones, si, finalmente, estos pueblos se defendieron bien con ellas, los florentinos que tuvieron particularmente esta

---

31 Aunque identifica a los suizos con los alemanes, no les regatea palabras de admiración en ninguno de sus escritos.

dicha deben dar gracias a la suerte por la cual fueron singularmente favorecidos. Sin embargo, algunos de aquellos valerosos capitanes que podían ser temibles no tuvieron la dicha de haber ganado victorias, otros encontraron insuperables obstáculos y, finalmente, varios dirigieron su ambición hacia otra parte. Del número de los primeros fue Giovanni Aucut, sobre cuya fidelidad no podemos formar juicio, puesto que no fue vencedor, pero se convendrá en que si lo hubiera sido quedaban a su discreción los florentinos.[32] Si Giacomo Sforza no invadió los Estados que lo tenían a su sueldo, ello se debe a que tuvo siempre contra sí a los Braceschi, que lo contenían, al mismo tiempo que él los contenía a ellos. Últimamente, si Francesco Sforza dirigió de manera eficaz su ambición hacia la Lombardía, eso proviene de que Braccio dirigía la suya hacia los Estados Pontificios y el reino de Nápoles. Pero volvamos a algunos hechos más cercanos a nosotros.

Tomemos la época en que los florentinos habían elegido por capitán a Paolo Vitelli, habilísimo sujeto, y que había adquirido una gran reputación, aunque era de condición vulgar. ¿Quién negará que, si él se hubiera apoderado de Pisa sus soldados, por más florentinos que fueran, habrían tenido por muy conveniente quedarse con él? Si hubiera pasado a sueldo del enemigo, no era ya posible remediar cosa alguna, y puesto que le habían conservado por capitán, era cosa natural que le obedeciesen sus tropas. Si se considera el engrandecimiento de los venecianos, se verá que ellos obraron segura y gloriosamente en tanto hicieron ellos mismos la guerra, lo cual se verificó mientras no intentaron nada contra tierra firme, y su nobleza peleó valerosamente con el pueblo bajo armado. Pero cuando se pusieron a hacer la guerra por tierra, y los abandonó entonces su valor, abrazaron los estilos de Italia y se sirvieron de legiones mercenarias. No tuvieron que desconfiar mucho de ellas en el principio de sus conquistas, porque no poseían, entonces, en tierra firme, un país considerable, y gozaban todavía de una respetable reputación. Pero después de que se hubieron engrandecido bajo el mando del capitán Carmagnola advirtieron bien pronto la falta en que habían incurrido.

---

32   Sir John Hawkwood —conocido de diversas maneras: Agudo, Aucur, Aucut, Hacoude, etc.— fue un aventurero inglés que hizo gran fortuna como condotiero en las guerras italianas del siglo XIV, al punto de que Florencia en 1365 compró su neutralidad por 130.000 florines de oro y una pensión anual.

Viendo a este hombre, tan hábil como valeroso, derrotar al duque de Milán, su soberano natural, pero sabiendo, sin embargo, que en esta guerra se comportaba con tibieza, comprendieron que no podían vencer ya con él. Pero como hubieran corrido peligro de perder lo que habían adquirido si hubieran licenciado a este capitán, el cual se hubiera pasado al servicio del enemigo, y como también la prudencia no les permitía dejarle en su puesto, se vieron obligados, para conservar sus conquistas, a ejecutarlo. Tuvieron después por capitán a Bartolomeo de Bérgamo, a Roberto de San Severino, al conde de Pitigliano y a otros semejantes, con los cuales no podían esperar ganar sino perder, como sucedió en Vaila, donde en una sola batalla fueron despojados de lo que no habían conquistado más que con ochocientos años de enormes fatigas. Concluyamos de todo esto que, con legiones mercenarias, las conquistas son lentas, tardías, débiles, y las pérdidas repentinas e inmensas.

Como estos ejemplos me han conducido a hablar de Italia, en que se sirven de semejantes milicias desde hace muchos años, quiero volver a tomar tales cosas de más lejos, a fin de que, habiendo dado a conocer su origen y progresos, pueda reformarse mejor su uso. Es menester traer a la memoria, desde luego, cómo en los siglos pasados, después de que el emperador de Alemania empezara a ser expulsado de Italia y el papa a adquirir en ella una gran dominación temporal, se vio dividida aquélla en muchos Estados. En las ciudades más considerables se armó el pueblo contra los nobles quienes, favorecidos al principio por el emperador, tenían oprimidos a los restantes ciudadanos, y el papa auxiliaba estas rebeliones populares para adquirir prestigio en los asuntos terrenales. En otras muchas ciudades, diversos ciudadanos se hicieron príncipes de ellas. Tras haber caído con ello casi toda Italia bajo el poder de los papas, si se exceptúan algunas repúblicas, y al no estar habituados ni esos pontífices ni sus cardenales a la profesión de las armas, tomaron a sueldo tropas extranjeras. El primer capitán que dio crédito a estas tropas fue el romañol Alberigo de Conio, en cuya escuela se formaron, entre otros varios, aquel Braccio y aquel Sforza que fueron después los árbitros de Italia;[33] tras ellos vinieron todos aquellos

---

33   Se refiere a Muzio Atendolo Sforza y a Andrea Braccio da Montone.

otros capitanes mercenarios que, hasta nuestros días, mandaron los ejércitos de nuestra vasta península. El resultado de su valor es que este hermoso país, a pesar de ellos, pudo ser recorrido libremente por Carlos VIII, tomado por Luis XII, sojuzgado por Fernando e insultado por los suizos.

El método que estos capitanes seguían consistía primeramente en privar de toda consideración a la infantería, a fin de proporcionársela a sí mismos. Obraban así porque, al no poseer ningún Estado, no podían tener más que pocos infantes ni alimentar a muchos, y por consiguiente la infantería no podía proporcionarles un gran renombre. Preferían la caballería, cuya cantidad atemperaban a los recursos del país que había de alimentarla, y en el que era tanto más honrada cuanto más fácil era su mantenimiento. Las cosas habían llegado al punto que, en un ejército de veinte mil hombres, no se contaban sino dos mil infantes. Habían utilizado, además, todos los medios posibles para desterrar de sus soldados y de sí mismos los trabajos y el miedo, cambiando la costumbre de matar en las refriegas por la de hacer en ellas prisioneros sin degollarlos. De noche, los de las tiendas acampadas no iban a asaltar las tierras, y los de las tierras no incurrían en las tiendas. No cavaban fosos ni empalizadas alrededor de su campamento ni acampaban durante el invierno. Todas estas cosas permitidas en su disciplina militar se las habían ingeniado ellos, como hemos dicho, para ahorrarles algunas fatigas y peligros. Pero con estas precauciones condujeron a Italia a la esclavitud y al envilecimiento.

CAPÍTULO XIII

DE LAS TROPAS AUXILIARES, MIXTAS Y PROPIAS

Las armas auxiliares, que he contado entre las inútiles, son las que otro príncipe os presta para socorreros y defenderos. Así, en estos últimos tiempos, después de que el papa Julio hiciera una desacertada prueba de las tropas mercenarias en el ataque a Ferrara, convino con Fernando, rey de España, en el que se le incorporaría con sus tropas. Estas armas pueden ser útiles y buenas en sí mismas, pero son infaustas siempre para el que las llama, pues si pierdes la batalla quedas derrotado, y si la ganas te vuelves preso suyo de algún modo.

Aunque las antiguas historias están llenas de ejemplos que prueban esta verdad, quiero detenerme en el de Julio II, que todavía es muy reciente. Si el partido que abrazó, de ponerse entero en manos de un extranjero para conquistar Ferrara, no le fue funesto, es porque su buena fortuna engendró una tercera causa que le preservó contra los efectos de esta mala determinación. Habiendo sido derrotados sus auxiliares en Rávena, los suizos que sobrevivieron, contra su esperanza y la de todos los demás, echaron a los franceses que habían obtenido la victoria. No quedó prisionero de sus enemigos por la única razón de que iban huyendo, ni de sus auxiliares, ya que había vencido en realidad, pero con tropas diferentes de las de ellos.

Hallándose los florentinos totalmente sin ejército, llamaron a diez mil franceses para ayudarlos a apoderarse de Pisa, y esta disposición les hizo correr más peligros de los que nunca habían encontrado en ninguna empresa marcial.

Queriendo oponerse el emperador de Constantinopla a sus vecinos, envió a Grecia diez mil turcos que, acabada la guerra, no quisieron ya salir de ella; tal fue el principio de la sujeción de los griegos al yugo de los infieles.[34]

Únicamente quien no quiere estar habilitado para vencer es capaz de valerse de semejantes tropas, que miro como mucho más peligrosas que las mercenarias. Cuando son vencidas, no quedan por ello todas menos unidas y dispuestas a obedecer a otros que a ti, en vez de que las mercenarias, después de la victoria, tienen necesidad de una ocasión más favorable para atacarte, porque no forman todas un mismo cuerpo; por otra parte, hallándose reunidas y pagadas por ti, aquél a quien has conferido su mando no puede tan pronto adquirir bastante autoridad sobre ellas para disponerlas de inmediato a atacarte. Si la cobardía es lo que debe temerse más en las tropas mercenarias, en las auxiliares lo más temible es la valentía.

Un príncipe sabio evitó siempre valerse de unas y otras, y recurrió a sus propias armas, prefiriendo perder con ellas a vencer con las ajenas. No miró jamás como una victoria real lo que se gana con las armas de los otros. No titubearé nunca en citar, sobre esta materia, a César Borgia, así como su conducta en semejante caso. Entró este duque con tropas auxiliares en la Romaña, conduciendo a ella las tropas francesas con que tomó Imola y Forlì; pero no pareciéndole bien pronto seguras semejantes milicias, y juzgando que había menos riesgo en servirse de las mercenarias, tomó a su sueldo las de los Orsini y Vitelli. Al hallar después que éstos obraban de un modo sospechoso, infiel y peligroso, se deshizo de ellas y recurrió a unas tropas que fuesen suyas propias. Podemos juzgar con facilidad la diferencia que hubo entre la reputación del duque César Borgia, sostenido por los Orsini y Vitelli, y la que él se granjeó cuando se hubo quedado con sus propios soldados, no apoyándose más que sobre sí mismo. Se hallará ésta muy superior a la precedente. No fue bien apreciado en el campo militar más que cuando se vio que él era enteramente poseedor de las tropas que empleaba.

---

34   El emperador de Constantinopla a quien se refiere es Juan Cantacuceno (1347-1355).

Aunque no he querido desviarme de los ejemplos italianos tomados en una época inmediata a la nuestra, no olvidaré por ello a Hierón de Siracusa, del que tengo hecha mención anteriormente. Desde que fue elegido por los siracusanos jefe de su ejército, como he dicho, conoció al punto que no era útil la tropa mercenaria, porque sus jefes eran lo que fueron en lo sucesivo los capitanes de Italia. Creyendo que él no podía conservarlos ni retirarlos, tomó la resolución de destrozarlos, e hizo después la guerra con sus propias tropas y ya jamás con las ajenas.

Quiero traer a la memoria todavía un hecho del Antiguo Testamento que tiene relación con mi materia. Al ofrecerse David a Saúl para ir a pelear contra el filisteo Goliat, Saúl, para darle alientos, le revistió con su armadura real, pero David, después de habérsela puesto, la desechó diciendo que cargado así no podía servirse libremente de sus propias fuerzas y que gustaba más de acometer con honda y cuchillo al enemigo. En suma, si tomas las armaduras ajenas, o bien ellas se te caen de los hombros, o te pesan mucho, o te aprietan y embarazan.

Carlos VII, padre de Luis XI, había librado con su virtud y fortuna a Francia de la presencia de los ingleses, conoció la necesidad de tener tropas que fuesen suyas, y quiso que hubiera caballería e infantería en su reino. El rey Luis XI, su hijo, suprimió la infantería y tomó a su sueldo suizos.[35] Imitada esta falta por sus sucesores, es ahora, como vemos, la causa de los peligros en que se halla aquel reino. Al dar alguna reputación a los suizos desalentó a su propio ejército, y al suprimir por completo a la infantería hizo dependiente de las tropas ajenas a su propia caballería que, acostumbrada a pelear con el socorro de los suizos, cree no poder ya vencer sin ellos. Resulta de ello que los franceses no se bastan para pelear contra los suizos, y que sin ellos no intentan nada contra los otros. Los ejércitos de Francia se compusieron, pues, en parte de sus propias tropas, y en parte de las mercenarias. Reunidas unas y otras, valen más que si sólo las hubiera mercenarias o auxiliares, pero un ejército así formado es inferior con mucho a lo que sería si se compusiera de tropas francesas únicamente. Este ejemplo

---

35   Luis XI abolió el arma de infantería y adquirió, en cambio, el derecho a reclutar mercenarios en Suiza.

basta, porque el reino de Francia sería invencible si se hubiera acrecentado o al menos conservado sólo la institución militar de Carlos VII. Mas muy a menudo cierta cosa que los hombres de mediana prudencia establecen, con motivo de algún bien que ella promete, esconde en sí misma un funestísimo veneno, como lo dije antes hablando de las fiebres tísicas. Así pues, el que está al frente de un principado pero no descubre el mal en su raíz ni lo conoce hasta que se manifiesta, no es verdaderamente sabio. Mas está concedida a pocos príncipes esta perspicacia.

Si se quiere alcanzar el origen de la ruina del imperio romano, se descubrirá que trae su fecha de la época en que se puso a tomar godos a sueldo, porque desde entonces comenzaron a enervarse sus fuerzas, y cuanto vigor perdía convertíase en provecho de ellos.

Concluyo que ningún principado puede estar seguro cuando no tiene tropas que le pertenezcan en propiedad. Hay más: depende por completo de la suerte, porque carece de la virtud necesaria para defenderle en la adversidad. La opinión y la máxima de los políticos sabios fue siempre que ninguna cosa es tan débil ni tan vacilante como la reputación de una potencia que no está fundada sobre sus propias fuerzas.

Las propias son las que se componen de los soldados, ciudadanos o deudos del príncipe, todas las demás son mercenarias o auxiliares. El modo para formarse tropas propias será fácil de hallar si se examinan las instituciones de que hablé antes, y si se considera cómo Filipo, padre de Alejandro, y cómo muchas repúblicas y príncipes formaron ejércitos y los ordenaron. Remito enteramente a sus constituciones para este objeto.

CAPÍTULO XIV

DE LAS OBLIGACIONES DEL PRÍNCIPE EN LO CONCERNIENTE A LA MILICIA

La principal ocupación de un príncipe, así como su estudio preferente, no debe tener otro objeto, otro pensamiento, más que la guerra, el orden y la disciplina de los ejércitos, porque es el único que se espera ver ejercido por el que manda. Este arte es de tan gran utilidad que no sólo mantiene en el trono a los que nacieron príncipes, sino que también con frecuencia hace subir a la clase de príncipe a algunos hombres de condición privada. De modo contrario, sucedió que varios príncipes, que se ocupaban más de los placeres de la vida que de las cosas militares, perdieron sus Estados. La primera causa que te haría perder el tuyo sería abandonar el arte de la guerra, así como la causa que hace adquirir un principado al que no lo tenía es sobresalir en este arte; mostrose superior en ello Francesco Sforza por el solo hecho de que, al no ser más que un simple particular, llegó a ser duque de Milán; y sus hijos, por haber evitado las fatigas e incomodidades de la profesión de las armas, de duques que eran pasaron a ser simples particulares con esta diferencia.[36]

---

36 Los sucesores de Francesco Sforza a los que se refiere Maquiavelo son: su hijo Galeazzo Maria (1466-1476), caprichoso y cruel, víctima de una conjura; Gian Galeazzo, despojado por su tío Ludovico *el Moro,* quien perdió el ducado en 1500 y, finalmente, Ercole Maximiliano, hijo del Moro, quien lo reconquistó en 1512 y lo perdió tres años más tarde. Compuesto *El príncipe* a finales de 1513, es presumible que no se refiriera a este último titular del ducado.

Entre las otras raíces del daño que te ocurrirá si por ti mismo no ejerces el oficio de las armas, debes contar el menosprecio que habrán concebido para con tu persona, que es una de las infamias de que el príncipe debe preservarse, como se dirá más adelante. Entre el que es guerrero y el que no lo es, no hay ninguna proporción. La razón nos dice que el sujeto que se halla armado no obedece con gusto a cualquiera que esté desarmado, y que el amo que está desarmado no puede vivir seguro entre sirvientes armados. Con el desdén que habita en el corazón del uno, y la sospecha que el ánimo del otro abriga, no es posible que hagan juntos buenas operaciones.

Además de las otras calamidades que se atrae un príncipe que no entiende nada de la guerra, hay la de no poder ser estimado por sus soldados ni fiarse de ellos. El príncipe no debe cesar, pues, jamás de pensar en el ejercicio de las armas y en los tiempos de paz debe darse a ellas todavía más que en los de guerra. Puede hacerlo de dos modos: uno con acciones, y el otro con pensamientos.

En cuanto a sus acciones, debe no sólo tener bien ordenadas y ejercitadas sus tropas, sino también ir con frecuencia de caza, con la que, por una parte, acostumbra a su cuerpo a la fatiga, y por otra, aprende a conocer la calidad de los sitios, el declive de las montañas, la entrada de los valles, la situación de las llanuras, la naturaleza de los ríos, de las lagunas. Es un estudio en el que debe poner la mayor atención. Estos conocimientos le son útiles de dos maneras. En primer lugar, dándole a conocer bien su país, le ponen en condiciones de defenderlo mejor. Además, cuando él ha conocido y frecuentado bien los sitios, comprende fácilmente, por analogía, lo que debe ser otro país que no tiene a la vista y en el que tenga operaciones militares que combinar. Las colinas, valles, llanuras, ríos y lagunas que hay en la Toscana tienen con los de los otros países cierta semejanza que hace que, por medio del conocimiento de una provincia, se puedan conocer fácilmente las otras. El príncipe que carece de esta ciencia práctica no posee el primero de los talentos necesarios para un capitán, ya que ella enseña a hallar al enemigo, a tomar alojamiento, a guiar los ejércitos, a dirigir las batallas, a ocupar un territorio con acierto. Entre las alabanzas que los escritores dieron a Filopemén, rey de los aqueos, está la de no haber pensado nunca, aun en tiempo de paz, más que en los diversos modos de hacer la guerra. Cuando se paseaba con sus amigos por el campo, con frecuencia se detenía y discurría con ellos sobre este objeto, diciendo: «Si los enemigos estuvieran en aquella colina inmediata y nos halláramos aquí con nuestro ejército, ¿cuál de ellos o nosotros tendría la superioridad? ¿Cómo se podría ir con seguridad contra ellos, observando las reglas de la táctica? ¿Cómo convendría darles alcance, si se retiraran?». Les proponía, andando, todos los casos en que puede hallarse un ejército, oía sus pareceres, decía el suyo, y lo corroboraba con buenas razones, de modo que, al tener continuamente ocupado su ánimo en lo que concierne al arte de la guerra, mientras guio sus ejércitos jamás fue sorprendido por un suceso para el que no hubiera preparado el oportuno remedio.

El príncipe, para ejercitar su espíritu, debe leer historia y, al contemplar las acciones de los varones insignes, debe fijarse particularmente en cómo se comportaron en las guerras, examinar las causas de sus victorias, a fin de conseguirlas él mismo, y las de sus pérdidas, a fin de no experimentarlas. Debe, sobre todo, como hicieron ellos, escoger entre los antiguos héroes cuya gloria más se celebró un modelo cuyas acciones y proezas estén presentes siempre en su ánimo. Así es como Alejandro Magno imitaba a Aquiles, César seguía a Alejandro, y Escipión caminaba tras las huellas de Ciro. Cualquiera que lea la vida de este último, escrita por Jenofonte, reconocerá después en la de Escipión cuánta gloria le resultó a éste de haberse propuesto a Ciro por modelo, y cuán semejante se hizo, por otra parte, con su continencia, afabilidad, humanidad y liberalidad, a Ciro, según lo que Jenofonte nos refirió de él.

Éstas son las reglas que un príncipe sabio debe observar. Muy lejos de permanecer ocioso en tiempo de paz, debe formar un copioso caudal de recursos que puedan serle de provecho en la adversidad, a fin de que si la fortuna se le vuelve contraria le halle dispuesto a resistirla.

CAPÍTULO XV

POR QUÉ COSAS LOS HOMBRES, Y ESPECIALMENTE LOS PRÍNCIPES, MERECEN ALABANZA O CENSURA

Nos queda ahora por ver cómo debe conducirse un príncipe con sus gobernados y amigos. Muchos escribieron ya sobre esta materia; yo mismo, al tratarla después de ellos, no incurriré en cargo de presunción, pues no hablaré más que con arreglo a lo que sobre esto dijeron ellos. Siendo mi propósito escribir una cosa útil para quien la comprende, he tenido por más conducente seguir la verdad real de la materia que los desvaríos de la imaginación en lo relativo a ella, porque muchos imaginaron repúblicas y principados que no se vieron ni existieron nunca. Hay tanta distancia entre saber cómo viven los hombres y saber cómo deberían vivir que quien, para gobernarlos, abandona el estudio de lo que se hace para estudiar lo que sería más conveniente hacerse, aprende más bien lo que debe obrar su ruina que lo que debe preservarle de ella, puesto que un príncipe que en todo quiere hacer profesión de ser bueno cuando de hecho está rodeado de gentes que no lo son, no puede por menos que caminar hacia su ruina. Es, pues, necesario que un príncipe que desee mantenerse en el poder aprenda a poder no ser bueno, y a servirse o no servirse de esta facultad, según las circunstancias exijan.

Dejando, pues, a un lado las cosas imaginarias en lo concerniente a los Estados, y no hablando más que de las que son verdaderas, digo que cuantos hombres den que hablar de sí, y especialmente los príncipes, porque están colocados a mayor altura que los demás, se distinguen con alguna de aquellas prendas patentes de las que más atraen la censura, y otras la alabanza. Uno es mirado como liberal, otro como *miserable* (en lo que me sirvo de una expresión toscana, en vez de emplear la palabra *avaro,* porque en nuestra lengua un avaro es también el que busca enriquecerse con rapiñas, y llamamos *miserable* únicamente a aquél que se abstiene de hacer uso de lo que posee); éste pasa por dar con gusto, aquél por ser rapaz; el uno se reputa como cruel, el otro tiene fama de compasivo; éste pasa por carecer de fe, aquél por ser fiel en sus promesas; el uno por afeminado y pusilánime, el otro por valeroso y feroz; tal por humano, cual por soberbio; uno por lascivo, otro por casto; éste por franco, aquél por artificioso; uno por duro, otro por dulce y flexible; éste por grave, aquél por ligero; uno por religioso, otro por incrédulo y así sucesivamente.

No habría cosa más loable que un príncipe que estuviera dotado sólo de cuantas buenas prendas he entremezclado con las malas que les son opuestas; cada uno convendrá en ello, lo sé. Pero como uno no puede tenerlas todas y ni aun ponerlas perfectamente en práctica, porque la condición humana no lo permite, es necesario que el príncipe sea lo bastante prudente para evitar la infamia de los vicios que le harían perder su principado, y aun preservarse, si puede, de los que no se lo harían perder; si, no obstante, no se abstuviera de los últimos, estaría obligado a menos reserva abandonándose a ellos. Pero no tema incurrir en la infamia aneja a ciertos vicios si no puede sin ellos conservar su Estado, porque si se sopesa bien todo, hay cierta cosa que parecerá ser una virtud, por ejemplo, la bondad, la clemencia, y que si la observas, formará tu ruina, mientras que otra cosa que parecerá un vicio formará tu seguridad y bienestar si la practicas.

CAPÍTULO XVI

DE LA LIBERALIDAD Y DE LA MISERIA [37]

Comenzando por la primera de estas prendas, reconoceré cuán útil sería ser liberal; sin embargo, la liberalidad que te impidiera ser temido te sería perjudicial. Si la ejerces con prudencia, como debe ser, de modo que no lo sepan, no incurrirás por esto en la infamia del vicio contrario. Pero como el que quiere conservar entre los hombres la reputación de ser liberal no puede abstenerse de parecer suntuoso, siempre ocurrirá que un príncipe que quiera tener la gloria de ello consumirá todas sus riquezas en prodigalidades, y al final, si quiere continuar pasando por liberal, estará obligado a gravar extraordinariamente a sus gobernados, a ser extremadamente fiscal y hacer cuanto sea imaginable para obtener dinero. Pues bien, esta conducta comenzará a hacerlo odioso ante sus gobernados, y empobreciéndose así más y más, perderá la estimación de cada uno de ellos, de tal modo que después de haber perjudicado a muchas personas para ejercer una prodigalidad que no ha favorecido más que a un cortísimo número de éstas, se resentirá vivamente a la primera necesidad, y peligrará al menor riesgo. Si reconociendo entonces su falta quiere mudar de conducta, se atraerá de manera repentina la infamia aneja a la avaricia.

---

37 En este capítulo, Maquiavelo discurre sobre una decisión de gran importancia que tiene que plantearse el gobernante: ser liberal o avaro, es decir, ser pródigo o, por el contrario, poco dado a la generosidad.

Así pues, si un príncipe no puede ejercer la virtud de la liberalidad de un modo notorio sin que de ello le sobrevenga perjuicio debe, si es prudente, no inquietarse por ser notado de avaro, porque con el tiempo lo tendrán por más y más liberal cuando vean que por medio de su parsimonia le bastan sus rentas para defenderse de cualquiera que le declaró la guerra y para llevar a cabo sus empresas sin gravar a su pueblo. Por este medio ejerce la liberalidad con todos aquéllos a quienes no toma nada, y cuyo número es infinito, mientras que sólo es avaro con aquellos hombres a quienes no da, y cuyo número es poco crecido.

¿No hemos visto en estos tiempos que sólo los que pasaban por avaros hicieron grandes cosas, y que los pródigos quedaron vencidos? El papa Julio II, después de haberse servido de la reputación de hombre liberal para llegar al pontificado, no deseó ya después conservar este renombre cuando quiso habilitarse para pelear contra el rey de Francia.[38] Sostuvo muchas guerras sin imponer un tributo extraordinario, y su larga parsimonia le suministró cuanto era necesario para los gastos superfluos. Si el actual rey de España hubiera sido liberal, no habría realizado tan famosas empresas ni vencido en tantas ocasiones. Así pues, un príncipe que no quiera verse obligado a despojar a sus gobernados y quiera tener siempre con qué defenderse, no ser pobre o miserable ni verse obligado a ser rapaz, debe temer muy poco incurrir en la fama de avaro, puesto que la avaricia es uno de aquellos vicios que aseguran su reinado. Si alguien me objetara que César consiguió el imperio con su liberalidad, y que otros muchos llegaron a puestos elevadísimos porque pasaban por liberales, respondería yo: o estás en camino de adquirir un principado, o lo has adquirido ya. En el primer caso, es menester que pases por liberal, y en el segundo, te será perniciosa la liberalidad. César era uno de los que querían conseguir el principado de Roma, pero si hubiera vivido algún tiempo más después de haberlo logrado y no hubiera moderado sus dispendios, hubiera destruido su imperio.

---

38 Cuando se eligió papa a Julio II, Maquiavelo se encontraba en Roma y en una carta dirigida a los Dieci relata las promesas hechas por el cardenal Giuliano della Rovere; los manejos a que se refiere el autor los atestiguan, además, los embajadores Antonio Justiniano de Venecia y Beltranto Constabili de Ferrara, así como el cardenal Adriano de Corneto en su relación a Enrique VII de Inglaterra.

¿Me replicarán que hubo muchos príncipes que, con sus ejércitos hicieron grandes cosas y, sin embargo, alcanzaron fama de ser muy liberales? Responderé: o el príncipe, con sus larguezas, expende sus propios bienes y los de sus súbditos, o expende el bien ajeno. En el primer caso, debe ser económico; en el segundo, no debe omitir ninguna especie de liberalidad. El príncipe que, con sus ejércitos, va a llenarse de botín, saqueos, carnicerías y disponer de los caudales de los vencidos, está obligado a ser pródigo con sus soldados porque, sin esto, no le seguirían ellos. Puedes mostrarte entonces ampliamente generoso, puesto que das lo que no es tuyo ni de tus soldados, como lo hicieron Ciro, César, Alejandro; y este dispendio que, en semejante ocasión, haces con el bien de los otros, lejos de perjudicar a tu reputación, le añade una más sobresaliente. La única cosa que puede perjudicarte es gastar lo tuyo.

No hay hada que se agote tanto por sí mismo como la liberalidad; mientras la ejerces, pierdes la facultad de ejercerla y te vuelves pobre y despreciable; o bien, cuando quieres evitar volvértelo, te haces rapaz y odioso. Ahora bien, uno de los inconvenientes de que un príncipe debe preservarse es el de ser menospreciado y aborrecido. Conduciendo a uno y a otro la liberalidad, concluyo de ello que hay más sabiduría en no temer la reputación de avaro, que no produce más que una infamia sin odio, que verse, por las ganas de tener fama de liberal, en la necesidad de incurrir en la nota de rapaz, cuya infamia va acompañada siempre del odio público.

CAPÍTULO XVII

DE LA SEVERIDAD Y LA CLEMENCIA, Y DE SI VALE MÁS SER AMADO QUE TEMIDO [39]

Descendiendo después a las otras prendas de que he hecho mención, digo que todo príncipe debe desear que lo tengan por clemente y no por cruel. Sin embargo, debo advertir que debe temer hacer mal uso de su clemencia. César Borgia pasaba por cruel, y su crueldad, sin embargo, había reparado los males de la Romaña, extinguido sus divisiones, restablecido en ella la paz y volverla fiel. Si profundizamos bien en su conducta, veremos que él fue mucho más clemente que lo fue el pueblo florentino cuando, para evitar la reputación de crueldad, dejó destruir Pistoya. [40]

Un príncipe no debe temer, pues, la infamia aneja a la crueldad cuando necesita de ella para tener unidos a sus gobernados e impedirles faltar a la fe que le deben, porque con poquísimos ejemplos de severidad serás mucho más clemente que los príncipes que, con demasiada clemencia, dejan engendrarse desórdenes acompañados de asesinatos y rapiñas, visto que estos asesinatos y rapiñas tienen la costumbre de ofender la universalidad de los ciudadanos, mientras que los castigos que dimanan del príncipe no

---

39 Maquiavelo analiza aquí un tema clásico y de obligada presencia en todos los manuales de la época: el ejercicio de la clemencia o, mejor dicho, de la *pietà*.

40 Pistoya estaba dividida desde antiguo en dos facciones: los Panciatichi y los Cancelliere, lo que benefició a Florencia, la cual, en un momento dado, impuso su señorío en Pistoya. A causa de unos tumultos en 1501-1502, Maquiavelo fue enviado tres veces a la ciudad para recabar información.

ofenden más que a un particular. Por lo demás, le es imposible a un príncipe nuevo evitar la reputación de cruel, a causa de que los Estados nuevos están llenos de peligros. Virgilio disculpa la inhumanidad del reinado de Dido con el motivo de que su Estado pertenecía a esta especie, de modo que en su poema hace decir a esta reina: *Res dura, et regni novitas me talia cogunt / Moliri, et late fines custode tueri.*

Semejante príncipe no debe, sin embargo, juzgar ligeramente el mal de que se le advierte ni obrar, en consecuencia, más que con gravedad, sin atemorizarse nunca él mismo. Su obligación es proceder moderadamente, con prudencia y aun con humanidad, sin que mucha confianza le haga impróvido y mucha desconfianza lo convierta en un hombre insufrible.

Se presenta aquí la cuestión de saber si vale más ser temido que amado. Se responde que sería menester ser uno y otro juntamente, pero como es difícil serlo a un mismo tiempo, el partido más seguro es ser temido antes que amado, cuando se está en la necesidad de carecer de uno u otro de ambos beneficios.

Puede decirse, hablando en general, que los hombres son ingratos, volubles, disimulados, que huyen del peligro y ansían ganancias. Mientras que les haces el bien y no necesitas de ellos, como he dicho, te son adictos y te ofrecen su caudal, vida e hijos, pero se rebelan cuando llega esta necesidad. El príncipe que se ha fiado enteramente de su palabra se halla destituido, entonces, de los demás apoyos preparatorios y decae, porque las amistades que se adquieren no con la nobleza y grandeza de alma sino con el dinero no pueden servir de provecho alguno en los tiempos peligrosos, por merecidas que estén.[41] Los hombres temen menos ofender al que se hace amar que al que se hace temer, porque el amor no se retiene por el solo vínculo de la gratitud, que en atención a la perversidad humana toda ocasión de interés personal llega a romper, en vez de que el temor al príncipe se mantiene siempre con el del castigo, que no abandona nunca a los hombres.

No obstante, el príncipe que se hace temer debe obrar de modo que si no se hace amar al mismo tiempo evite que lo aborrezcan, porque uno puede

---

41 Aunque este axioma constituye un saber proverbial, puede suponerse que Maquiavelo recuerda la reflexión hecha por Tácito a la muerte de Vitelio.

muy bien ser temido sin ser odioso, y él lo conseguirá siempre si se abstiene de tomar la hacienda de sus gobernados y soldados, así como también de robar sus mujeres o abusar de ellas. A no ser que le sea indispensable derramar la sangre de alguno, no deberá hacerlo nunca sin que para ello haya una conveniente justificación y un patente delito. Pero debe entonces, ante todo, no apoderarse de los bienes de la víctima; porque los hombres olvidan más pronto la muerte de un padre que la pérdida de su patrimonio. Si fuera inclinado a robar el bien ajeno no le faltarían jamás ocasiones para ello. El que comienza viviendo de rapiñas encuentra siempre pretextos para apoderarse de las propiedades ajenas, a la vez que las ocasiones de derramar la sangre de sus gobernados son más raras y le faltan con mayor frecuencia.

Cuando el príncipe está al frente de sus ejércitos y tiene que gobernar una infinidad de soldados es necesario que no le inquiete pasar por cruel, porque sin esta reputación no puede mantener un ejército unido ni dispuesto a emprender cosa alguna. Entre las acciones admirables de Aníbal se cuenta que, teniendo un numerosísimo ejército compuesto de hombres de países infinitamente diversos y yendo a pelear a una tierra extraña, su conducta fue tal que en el seno de este ejército, tanto en la mala como en la buena fortuna, no hubo nunca ni siquiera una sola disensión entre ellos, como tampoco ninguna sublevación contra su jefe. Esto no pudo provenir más que de su despiadada inhumanidad que, unida a las demás infinitas prendas suyas, lo hizo siempre tan respetable como terrible a ojos de sus soldados. Sin esta crueldad no habrían bastado las otras prendas suyas para obtener este efecto. Son poco reflexivos los escritores que se admiran, por una parte, de sus proezas y que vituperan, por otra, la causa principal de ellas. Para convencerse de esta verdad, que las demás virtudes suyas no le hubieran bastado, sólo hay necesidad del ejemplo de Escipión, hombre muy extraordinario, no sólo en su tiempo, sino también de cuantas épocas nos ofrece sobresalientes memorias la historia. Sus ejércitos se rebelaron contra él en España únicamente por causa de su mucha clemencia, que dejaba a sus soldados más licencia de lo que la disciplina militar podía permitir. Lo reconvino de esta extrema clemencia en pleno Senado Fabio, quien, por esto mismo, lo trató de corruptor de la milicia romana. Destruidos los locrios por un lugarteniente de Escipión, no los vengó ni aun castigó la insolencia de este lugarteniente. Todo esto provenía de su natural blando y flexible, en tanto grado que el que quiso disculparle por ello en el Senado dijo que había muchos hombres que mejor sabían no hacer faltas que corregir las de los demás. Si él hubiera conservado el mando, con semejante genio, a la larga habría alterado su reputación y gloria, pero como vivió después bajo la dirección del Senado desapareció esta perniciosa prenda, y aun la memoria que de ella se conservaba fue causa de convertirla en gloria suya.

Volviendo, pues, a la cuestión de ser temido y amado, concluyo que, amando los hombres su voluntad propia y temiendo la del príncipe, debe éste, si es cuerdo, fundarse en lo que depende de él y no en lo que depende de los otros, y hacer sólo de modo que evite que lo aborrezcan, como ahora mismo acabo de decir.

CAPÍTULO XVIII

DE QUÉ MODO LOS PRÍNCIPES DEBEN MANTENER LA FE DADA [42]

¡Cuán digno de alabanzas es un príncipe cuando mantiene la fe que ha jurado, cuando vive de un modo íntegro y no usa la astucia en su conducta! Todos los hombres comprenden esta verdad. Sin embargo, la experiencia de nuestros días nos muestra cómo haciendo varios príncipes poco caso de la buena fe y sabiendo con astucia volver a su voluntad el espíritu de los hombres obraron grandes cosas y acabaron triunfando frente a los que tenían por base de su conducta la lealtad.

Es menester, pues, que sepáis que hay dos modos de defenderse: uno con las leyes, y otro con la fuerza. El primero conviene a los hombres, el segundo pertenece sobre todo a los animales; pero, como el primero a menudo no basta, es preciso recurrir al segundo. Le es, pues, indispensable a un príncipe saber hacer buen uso de uno y otro, enteramente juntos. Esto es lo que, con palabras encubiertas, enseñaron los antiguos autores a los príncipes, cuando escribieron que muchos de la Antigüedad, y de manera particular

---

42 Este capítulo es el que más discusión ha promovido entre los comentaristas y críticos. Aquí, en estas pocas páginas, se encuentran las célebres definiciones de la «razón de Estado» que granjearon a su autor tan triste fama de *ministro de Satanás*. Son unas páginas de gran belleza formal, fuerza dialéctica y rigor de análisis. El escándalo provino no tanto del hecho de que los príncipes o gobernantes utilizaran los medios señalados por Maquiavelo, sino del hecho de que éste justificaba en teoría semejante actitud, y en particular por haber aconsejado la subordinación de la moral y de la religión a la acción política.

Aquiles, fueron confiados, en su niñez, al centauro Quirón, para que los criara y educara bajo su disciplina. Esta alegoría no significa otra cosa sino que ellos tuvieron por preceptor a un maestro que era mitad bestia y mitad hombre; es decir, que un príncipe tiene necesidad de saber usar al propio tiempo de una y otra naturaleza, y que la una no podría durar si no la acompañara la otra.

Cuando un príncipe se halla en la obligación de saber obrar competentemente según la naturaleza de los brutos, aquéllos a los que él debe imitar son la zorra y el león, enteramente juntos. El ejemplo del león no basta, porque este animal no se preserva de los lazos, y la zorra sola tampoco es suficiente, porque no puede librarse de los lobos. Es necesario, pues, ser zorra para conocer los lazos y león para espantar a los lobos, de modo que los que sólo toman por modelo al león no comprenden sus intereses.[43]

Cuando un príncipe dotado de prudencia ve que su fidelidad a las promesas se convierte en perjuicio suyo y que las ocasiones que le determinaron a hacerlas no existen ya, no puede y aun no debe guardarlas a no ser que consienta en perderse. Obsérvese bien que si todos los hombres fueran buenos este precepto sería malísimo, pero como son malos y no observarían su fe respecto a ti si se presentara la ocasión, no estás obligado ya a mantenerles la tuya cuando te resulte forzado cumplirla. Nunca le faltan motivos legítimos a un príncipe para cohonestar esta inobservancia. Está autorizada de algún modo, por otra parte, por una infinidad de ejemplos, y podríamos señalar que se concluyó un sinnúmero de felices tratados de paz y se anularon infinitos empeños funestos por la sola infidelidad de los príncipes a su palabra. El que mejor supo obrar como zorra tuvo mejor acierto.

Pero es necesario saber encubrir este artificio natural y tener habilidad para fingir y disimular. Los hombres son tan simples y se sujetan en tanto grado a la necesidad que el que engaña con arte halla siempre gentes que se dejan engañar. No quiero pasar en silencio un ejemplo por completo reciente: el papa Alejandro VI jamás hizo otra cosa que engañar a los demás;

---

43 El zorro y el león, que se utilizan como símbolos de la astucia y del poder, tienen abundantes y antiquísimos antecedentes en toda la literatura; con todo, parece ser que Maquiavelo se inspira en Cicerón, *De los deberes*, I, 13.

pensaba sin cesar en los medios para inducirlos a error, y halló siempre ocasión de poderlo hacer. Ninguno hubo nunca que conociera mejor el arte de las protestas persuasivas, que afirmara una cosa con juramentos más respetables, y que al mismo tiempo observara menos lo que había prometido. Sin embargo, por más que fuera conocido como un trapacero, sus engaños le salían bien, siempre a medida de sus deseos, porque sabía dirigir perfectamente a su gente con esta estratagema.

No es necesario que un príncipe posea todas las virtudes de que hemos hecho mención con anterioridad, pero conviene que aparente poseerlas. Aun me atreveré a decir que, si las posee realmente y las observa siempre, a veces le son perniciosas, mientras que aun cuando no las poseyera efectivamente, si aparenta poseerlas, le son provechosas. Puedes parecer manso, fiel, humano, religioso, leal, y aun serlo, pero es menester mantener tu alma tan de acuerdo con tu espíritu que, en caso necesario, sepas variar a todo lo contrario.

Un príncipe, y en especial uno nuevo, que quiera mantenerse en el poder debe comprender bien que no le es posible observar en toda situación eso que hace tener por virtuosos a los hombres, puesto que a menudo, para conservar el orden de un Estado, está en la precisión de obrar contra su fe, contra las virtudes de humanidad, caridad, y aun contra su religión. Su espíritu debe estar dispuesto a variar según lo exijan de él los vientos y las variaciones de la fortuna y, como ya he dicho más arriba, a no apartarse del bien mientras pueda, pero también a saber entrar en el mal cuando haya necesidad. Debe tener sumo cuidado en ser circunspecto, para que cuantas palabras salgan de su boca lleven impreso el sello de las cinco virtudes mencionadas, y para que, tanto al verlo como al oírlo, lo crean enteramente lleno de bondad, buena fe, integridad, humanidad y religión. Entre estas prendas no hay ninguna más necesaria que la última. Los hombres, en general, juzgan más por los ojos que por las manos, y si pertenece a todos el ver, no le está concedido más que a un corto número el tocar. Cada uno ve lo que pareces ser pero pocos comprenden lo que eres realmente, y este corto número no se atreve a contradecir la opinión del vulgo, que tiene, como apoyo de sus ilusiones, la majestad del Estado que le protege. En las acciones de todos los hombres, pero en especial en las de los príncipes, contra los cuales no hay juicio que implorar, se considera simplemente el fin que ellos persiguen. Dedíquese, pues, el príncipe a superar siempre las dificultades y a conservar su Estado. Si sale con acierto, se tendrán por honrosos siempre sus medios, alabándolos en todas partes. El vulgo se deja siempre coger por las exterioridades, y seducir por el acierto. Ahora bien, casi no hay más que vulgo en el mundo, y el corto número de los espíritus penetrantes que en él se encuentra no dice lo que vislumbra hasta que el sinnúmero de los que no lo son no sabe ya a qué atenerse.

Hay un príncipe en nuestra era que no predica nunca más que paz ni habla más que de buena fe, pero que, de observar él una y otra, se le habría visto perder más de una vez sus dominios y su reputación. Pero creo que no conviene nombrarlo.[44]

---

44 Se refiere aquí a Fernando el Católico.

CAPÍTULO XIX

DE CÓMO DEBE EVITARSE SER DESPRECIADO Y ABORRECIDO [45]

Echa ya mención, desde luego, de cuantas prendas deben adornar a un príncipe, quiero, tras haber hablado de las más importantes, discurrir también sobre las otras, por lo menos brevemente y de un modo general, diciendo que el príncipe debe evitar lo que puede hacerle odioso y despreciable. Cada vez que lo evite habrá cumplido con su obligación, y no hallará peligro alguno en cualquiera otra censura en que pueda incurrir.

Lo que más que ninguna otra cosa le haría odioso sería, como he dicho, ser rapaz, usurpar las propiedades de sus gobernados, robar a sus mujeres, así que debe abstenerse de ello. En tanto que no se quitan a la generalidad de los hombres su propiedad ni su honor, éstos viven como si estuvieran contentos, y sólo hay que preservarse ya de la ambición de un corto número de sujetos, mas los reprime uno con facilidad y de muchas maneras. Un príncipe cae en el menosprecio público cuando pasa por variable, ligero, afeminado, pusilánime, irresoluto. Ponga, pues, sumo cuidado en preservarse de semejante reputación como de un escollo, e ingéniese para que se advierta grandeza, valor, gravedad y fortaleza en sus acciones. Cuando se pronuncie sobre los asuntos de sus gobernados debe querer que

---

45   Este capítulo no es más que la continuación de los otros dos anteriores. Insiste en la necesidad de evitar el odio y el desprecio.

su sentencia sea irrevocable. Por último, es menester que los mantenga en tal opinión de su genio que ninguno de ellos tenga ni aun el pensamiento de engañarle ni confundirle. El príncipe que hace formar semejante concepto de sí es muy estimado y difícilmente se conspira contra él, pues goza de gran estimación. Los extranjeros, por otra parte, no le atacan con gusto, con tal que sea un excelente príncipe y que le veneren sus gobernados.

Un príncipe tiene dos cosas que temer, a saber: la primera, en el interior de su Estado, alguna rebelión por parte de sus súbditos, y la segunda, desde el exterior, un ataque por parte de alguna potencia vecina. Se prevendrá contra este segundo temor con buenas armas y, sobre todo, con buenas alianzas, que siempre conseguirá si él tiene buenas armas. Pues bien, cuando las cosas exteriores están aseguradas, lo están también las interiores, a no ser que las haya turbado ya una conjura. Pero aun cuando se manifestara en lo exterior alguna tempestad contra el príncipe que tiene bien arregladas las cosas interiores, si ha vivido como he dicho, con tal que no le abandonen los suyos, sostendrá toda especie de ataque desde el exterior, como se ha demostrado que hizo Nabis de Esparta. Sin embargo, con respecto a sus gobernados, aun en el caso de no maquinarse nada desde el exterior contra él, podría temer que, en el interior, se conspirase a escondidas. Mas puede estar seguro de que no acaecerá esto si evita que lo desprecien y aborrezcan, y si contenta al pueblo con su gobierno; ventaja esencial que hay que lograr, como ya he dicho.

Uno de los más poderosos remedios que el príncipe pueda tener contra las conjuras es, pues, que la universalidad de sus gobernados no lo desprecie ni aborrezca, porque el conspirador no se alienta más que con la esperanza de contentar al pueblo haciendo perecer al príncipe. Mas cuando tiene motivos para creer que ofendería con ello al pueblo, le falta la cantidad necesaria de valor para consumar su atentado, visto que son infinitas las dificultades que se presentan a los conjurados. La experiencia nos enseña que hubo muchas conjuras, y que pocas tuvieron buen éxito, porque al poder estar solo quien conspira, sólo se asociará con aquellos a quienes crea descontentos. Pero, por lo mismo que él ha descubierto su designio a uno de ellos, le ha dado materia para contentarse por sí mismo, puesto que revelando al príncipe la trama que se le ha confiado puede esperar éste toda clase de ventajas. Al ver por una parte segura la ganancia, y por otra no hallarla más que dudosa y llena de peligros, sería menester que él fuera, para el que le ha iniciado en la conspiración, un amigo como se ven pocos, o bien un enemigo por completo irreconciliable del príncipe, si mantuviera la palabra que dio.

Para reducir la cuestión a pocos términos, digo que del lado del conspirador no hay más que miedo, celos y sospecha de una pena que atemoriza, mientras que del lado del príncipe hay, para protegerle, la majestad de su soberanía, las leyes, la defensa de los amigos y del Estado, de modo que si a todos estos preparativos se añade la benevolencia del pueblo, es difícil que ninguno sea lo bastante temerario para conspirar. Si todo conspirador antes de la ejecución de su trama está poseído comúnmente del temor de salir mal, lo está mucho más en este caso, porque debe temer también, aun cuando triunfara, tener por enemigo al pueblo, ya que entonces no le quedaría refugio alguno.

Podríamos citar, sobre este particular, infinidad de ejemplos, pero me ciño a uno solo, cuya memoria nos transmitieron nuestros padres. Siendo príncipe de Bolonia micer Annibale Bentivoglio, abuelo del don Annibale actual, fue asesinado por los Canneschi tras una conjura, y estando todavía en mantillas su hijo único, micer Giovanni, no podía vengarlo; pero el pueblo se sublevó de inmediato contra los asesinos y los mató atrozmente. Fue un efecto natural de la benevolencia popular que la familia Bentivoglio se había ganado por aquellos tiempos en Bolonia. Esta benevolencia fue tan grande que, al no tener ya la ciudad a nadie de esta casa que, a la muerte de Annibale, pudiera regir el Estado, y sabedores los ciudadanos de que existía en Florencia un descendiente de la misma familia que no era tenido allí más que como hijo de un artesano, fueron en su busca y le confirieron el gobierno de su ciudad, que él gobernó de manera efectiva hasta que micer Giovanni tuvo edad de gobernar por sí mismo.

Concluyo de todo ello que un príncipe debe inquietarse poco de las conspiraciones cuando el pueblo le tiene buena voluntad; pero cuando éste le es contrario y lo aborrece, tiene motivos de temor en cualquiera ocasión, y por parte de cada individuo.

Los Estados bien ordenados y los príncipes sabios cuidaron siempre de no descontentar a los grandes hasta el grado de reducirlos a la desesperación, como también de tener contento al pueblo. Es una de las cosas más importantes que el príncipe debe tener en cuenta. Uno de los reinos bien ordenados y gobernados de nuestros tiempos es el de Francia. Allí se encuentra una infinidad de buenos estatutos, a los que van unidos la libertad del pueblo y la seguridad del rey. El primero es el Parlamento y la amplitud de su autoridad. Conociendo el fundador del actual orden de este reino la ambición e insolencia de los grandes, y juzgando que era preciso ponerles un freno que pudiera contenerlos; sabiendo, por otra parte, cuánto los aborrecía el pueblo a causa del miedo que les tenía, y deseando, sin embargo, sosegarlos, no quiso que este doble cuidado quedase a cargo particular del rey. A fin de quitarle esta carga, que él podía repartir con los grandes, y favorecer al mismo tiempo a los grandes y al pueblo, se estableció por juez un tercero que, sin que el monarca sufriese, vino a reprimir a los grandes y a favorecer al pueblo. No podía imaginarse disposición ninguna más prudente ni un mejor medio de seguridad para el rey y para su reino. Deduciremos de ello esta notable consecuencia: que los príncipes deben dejar a otros la disposición de las cosas odiosas reservándose a sí mismos la concesión de gracias, y concluyo de nuevo que un príncipe debe estimar a los grandes, pero no hacerse aborrecer por el pueblo.

Creerán muchos, quizás, considerando la vida y la muerte de diversos emperadores romanos, que hay ejemplos contrarios a esta opinión, puesto que hubo cierto emperador que perdió el imperio o fue asesinado por los suyos conjurados contra él aunque se había comportado perfectamente y mostrado magnanimidad. Proponiéndome responder a semejantes objeciones, examinaré las prendas de estos emperadores, mostrando que la causa de su ruina no se diferencia de aquella misma contra la que he querido preservar a mi príncipe, y haré tomar en consideración ciertas cosas que no deben omitirse por los que leen las historias de aquellos tiempos.

Me bastará tomar a los emperadores que se sucedieron en el imperio desde Marco el filósofo hasta Maximino, es decir: Marco Aurelio, Cómodo su hijo, Pertinax, Juliano, Septimio Severo, Caracalla su hijo, Macrino,

Heliogábalo, Alejandro Severo y Maximino. Nótese en primer lugar que en principados de otra clase que la de ellos apenas hay que luchar más que contra la ambición de los grandes e insolencia de los pueblos, pero que los emperadores romanos tenían, además, un tercer obstáculo que superar, a saber, la crueldad y avaricia de los soldados, lo cual era tan dificultoso que muchos se desgraciaron en ello. En efecto, no es fácil contentar al mismo tiempo a los soldados y al pueblo, porque el pueblo es amigo del sosiego y por esto mismo son amados los príncipes cuya ambición es moderada, en tanto que los soldados quieren un príncipe que tenga el espíritu marcial y que sea insolente, cruel y rapaz. La voluntad de los soldados del imperio era que el suyo ejerciera estas funestas disposiciones sobre los pueblos para tener paga doble y dar rienda suelta a su codicia y avaricia, de lo cual resultaba que los emperadores que no eran reputados como capaces de imponer respeto a los soldados y al pueblo quedaban vencidos siempre. Los más de ellos, en especial los que habían subido a la soberanía como príncipes nuevos, conocieron la dificultad de conciliar estas dos cosas, y abrazaban el partido de contentar a los soldados, sin temer demasiado ofender al pueblo, y casi no les era posible obrar de otro modo. No pudiendo los príncipes evitar ser aborrecidos de algunos deben, es verdad, esforzarse ante todo a no serlo del número mayor; pero cuando no pueden conseguir este fin, deben ingeniárselas para evitar, con toda especie de expedientes, el odio de la clase más poderosa.

Así pues, aquellos emperadores que, con motivo de ser príncipes nuevos, necesitaban de extraordinarios favores, se apegaron con mucho más gusto a los soldados que al pueblo; y esto se convertía en beneficio o daño del príncipe según que supiera mantener una gran reputación en el concepto de los soldados. Tales fueron las causas que hicieron que Pertinax y Alejandro Severo, aunque eran de moderada conducta, amantes de la justicia, enemigos de la crueldad, humanos y buenos, así como Marco Aurelio, cuyo final sí fue feliz, tuvieran, sin embargo, uno muy desdichado. Tan sólo Marco Aurelio vivió y murió muy venerado, porque había sucedido al emperador por derecho hereditario y no estaba en la necesidad de portarse como si se lo debiera a los soldados o al pueblo. Estando dotado, por otra parte, de muchas virtudes que lo hacían respetable, contuvo hasta su muerte al pueblo y a los soldados dentro de unos justos límites, y no lo aborrecieron ni despreciaron jamás. Pero nombrado Pertinax emperador contra la voluntad de los soldados que, en el imperio de Cómodo, se habían habituado a la vida licenciosa, y habiendo querido reducirlos a una vida decente que se les hacía insoportable, engendró en ellos odio contra su persona. A este odio se unió el menosprecio de la misma, a causa de que era viejo, así que Pertinax fue asesinado en los inicios de su reinado. Este ejemplo nos pone en el caso de observar que uno se hace aborrecer tanto con las buenas como con las malas acciones; por esto, como ya he dicho más arriba, el príncipe que quiere conservar sus dominios está obligado con frecuencia a no ser bueno. Si aquella mayoría de hombres, cualquiera que sea —de soldados, de pueblo o de grandes—, de la que piensas que vas a necesitar para mantenerte está corrompida, debes seguir su humor y contentarla. Las buenas acciones que entonces hicieras se volverían contra ti mismo. Pero volvamos a Alejandro Severo, que era de tan agradable bondad que, entre las demás alabanzas que de él se hicieron, se halla la de no mandar ejecutar a nadie sin juicio durante los catorce años que reinó. Estuvo expuesto a una conjura del ejército y pereció en sus manos porque, al considerarse hombre de genio débil y tener la fama de dejarse gobernar por su madre, se había vuelto despreciable por esto.

Oponiendo a las buenas prendas de estos príncipes el genio y la conducta de Cómodo, Septimio Severo, Caracalla y Maximino, los hallaremos muy crueles y rapaces. Éstos, para contentar a los soldados, no escatimaron especie alguna de injuria al pueblo, y todos, menos Septimio Severo, acabaron desgraciadamente. Pero éste tenía tanto valor que, conservando con él la inclinación de los soldados, pudo, aunque oprimiendo a su pueblo, reinar dichosamente. Sus prendas lo hacían tan admirable en el concepto de unos y de otros que los primeros permanecían asombrados en cierto modo, hasta el grado del pasmo, y los segundos respetuosos y contentos. Como las acciones de Septimio Severo tuvieron tanta grandeza cuanto podían tener en un príncipe nuevo, quiero mostrar brevemente cómo supo diestramente hacer de zorra y león, lo cual, como ya he dicho, le es necesario a un príncipe.

Conocedor de la cobardía de Juliano, que acababa de hacerse proclamar emperador, persuadió al ejército que estaba bajo su mando en Esclavonia de que haría bien en marchar sobre Roma para vengar la muerte de Pertinax, asesinado por la guardia imperial o pretoriana. Evitando con este pretexto mostrar que él aspiraba al imperio, arrastró a su ejército contra Roma, y llegó a Italia aun antes de que se tuviera conocimiento de su partida. Después de entrar en Roma, forzó al Senado atemorizado a nombrarle emperador y luego fue muerto Juliano, a quien habían conferido esta dignidad. Después de este principio, le quedaban a Severo dos dificultades por vencer para ser señor de todo el imperio: una en Asia, en que Níger, jefe de los ejércitos asiáticos, se había hecho proclamar emperador; y otra en Gran Bretaña, por parte de Albino, que aspiraba también al imperio. Teniendo por peligroso declararse al mismo tiempo enemigo de uno y otro, tomó la resolución de engañar al segundo mientras atacaba al primero. En consecuencia, escribió a Albino para decirle que, habiendo sido elegido emperador por el Senado, quería dividir con él esta dignidad, y aun le envió el título de César, después de haber hecho declarar por el senado que Severo se asociaba a Albino por colega. Éste tuvo por sinceros todos estos actos y le dio su adhesión. Pero después de que Septimio Severo hubo vencido y muerto a Níger, habiendo vuelto a Roma, se quejó de Albino en pleno Senado, diciendo que aquel colega, poco reconocido a los beneficios que había recibido de él, había intentado asesinarle por medio de la traición, y que, por esto, se veía precisado a castigar su ingratitud. Partió, pues, fue a Francia a su encuentro y le quitó el imperio al quitarle también la vida. Cualquiera que examine sus acciones hallará que era al mismo tiempo un león ferocísimo y una zorra muy astuta. Lo verá temido y respetado de todos, que lo aborrecieran los soldados. Nadie se extrañará de que, por más príncipe nuevo que fuere, hubiera podido conservar tan vasto imperio, porque su grandísima reputación le preservó siempre de aquel odio que los pueblos podían tomarle a causa de sus rapiñas.

Su hijo, Antonino Caracalla, fue también un hombre excelente en el arte de la guerra. Poseía bellísimas prendas que le hacían admirable por parte del pueblo y querido por los soldados. Como era guerrero que sobrellevaba hasta el último grado toda especie de fatigas, despreciaba todo alimento delicado y desechaba las demás satisfacciones de la molicie, lo amaban los ejércitos. Pero como a fuerza de puras matanzas, en muchas ocasiones de índole particular, había hecho perecer gran parte del pueblo de Roma y todo el de Alejandría, sobrepujando su ferocidad y crueldad a cuanto se había visto en esta horrenda especie, se volvió en extremo odioso para todos. Comenzó a hacerse temer de aquellos mismos que lo rodeaban, y en forma tal que lo asesinó un centurión en medio mismo de su ejército. Es preciso notar con este motivo que semejantes muertes, cuyo golpe parte de un ánimo deliberado y tenaz, no pueden evitarse por los príncipes, porque cualquiera que hace poco caso de morir tiene siempre la posibilidad de matarlos. Pero el príncipe debe temer menos acabar de este modo, porque estos atentados son rarísimos. Únicamente debe cuidar de no ofender de gravedad a ninguno de los que emplea, y especialmente de los que tiene a su lado en el servicio de su principado, como hizo el emperador Antonino Caracalla. Este príncipe dejaba la custodia de su persona a un centurión a cuyo hermano había mandado dar muerte ignominiosa, el cual renovaba diariamente la amenaza de vengarse. Temerario hasta este punto, no podía por menos de ser asesinado, y lo fue.

Vengamos ahora a Cómodo, a quien era fácil conservar el imperio, puesto que lo había logrado por herencia, como hijo de Marco Aurelio. Le bastaba con seguir las huellas de su padre para contentar al pueblo y a los soldados. Pero al tener un carácter brutal y cruel, y buscar la manera de ejercer su rapacidad sobre los pueblos, prefirió favorecer a los ejércitos y los echó en la licencia. Por otra parte, no sosteniendo su dignidad porque se humillaba con frecuencia hasta ir a luchar en los teatros con los gladiadores y hacer otras muchas acciones vilísimas y poco dignas de la majestad imperial, se hizo despreciable aun en el concepto de las tropas. Como lo menospreciaban por una parte y aborrecían por otra, se conjuraron contra él y fue asesinado.

Maximino, cuyas prendas nos queda exponer, fue un hombre extremadamente belicoso. Elevado al imperio por algunos ejércitos disgustados de la molicie de Alejandro Severo, ya mencionada, no lo poseyó mucho tiempo, porque lo hacían despreciable y odioso dos cosas: una su bajo origen, pues había guardado rebaños en Tracia, lo cual era muy conocido y le atraía el desprecio de todos; otra, la reputación de hombre cruelísimo, pues durante las dilaciones de que usó, después de su elección al imperio, para trasladarse a Roma y tomar allí posesión del trono imperial, sus prefectos le habían granjeado esa fama con las crueldades que, según sus órdenes, ejercían en esta ciudad y otros lugares del imperio. Estando todos, por una parte, indignados por la bajeza de su origen y animados, por otra, con el odio que el temor de su ferocidad engendraba, resultó que África se sublevó contra él, y en seguida el Senado con el pueblo de Roma e Italia entera conspiraba contra su persona. Su propio ejército, acampado bajo los muros de Aquilea, el cual experimentaba suma dificultad para tomar esta ciudad, juró igualmente su ruina. Fatigado de su crueldad, y no temiéndola ya tanto desde que lo veía con tantos enemigos, lo mató atrozmente.

No quiero hablar de Heliogábalo, Macrino y Juliano, quienes hallándose menospreciables en un todo, perecieron casi inmediatamente después de haber sido elegidos, y vuelvo a la conclusión de este discurso, diciendo que los príncipes de nuestra era experimentan menos en su gobierno esta dificultad de contentar a los soldados por medios extraordinarios. A pesar de los miramientos que los soberanos están obligados a guardar con ellos, bien pronto se allana esta dificultad, porque ninguno de nuestros príncipes tienen algún cuerpo de ejército que, por medio de una dilatada estancia en las provincias, se haya amalgamado de algún modo con la autoridad que los gobierna y con sus administraciones como habían hecho los ejércitos del Imperio romano. Si convenía entonces necesariamente contentar a los soldados más que al pueblo, era porque los soldados podían más que el pueblo. Ahora es más necesario para todos nuestros príncipes, excepto para el turco y el sultán, contentar al pueblo que a los soldados, a causa de que hoy día los pueblos pueden más que los soldados. Exceptúo al turco, porque tiene siempre alrededor de sí doce mil infantes y quince mil caballos de los que dependen la seguridad y fortaleza de su reinado. Es menester, sin duda alguna, que el soberano, que no hace caso alguno del pueblo, mantenga sus guardias en la inclinación a su persona.[46] Sucede lo mismo con el reinado

---

46 Cuando Maquiavelo escribía *El príncipe,* Selim I era sultán de Turquía (1512-1520). El sultanato contaba con una guardia militar regular: los jenízaros, cuyo descontento produjo más de un disturbio y el incendio de Constantinopla.

del sultán egipcio, todo entero en poder de los soldados. Conviene también que conserve su amistad, puesto que no guarda miramientos con el pueblo.

Debe notarse que este Estado del sultán es diferente de todos los demás principados, y que se asemeja al del pontificado cristiano, que no puede llamarse principado hereditario ni nuevo. No son herederos de la soberanía los hijos del príncipe difunto sino un particular a quien eligen hombres que tienen facultad de hacer esta elección. Al hallarse sancionado este orden por su antigüedad, el principado del sultán o del papa no puede llamarse nuevo, y no presenta, ni uno ni otro, ninguna de aquellas dificultades que existen en las nuevas soberanías. Aunque el príncipe es nuevo, las constituciones de semejante Estado son antiguas y combinadas de modo que lo reciban en él como si fuera poseedor suyo por derecho hereditario.

Volviendo a mi materia, digo que cualquiera que reflexione sobre lo que dejo expuesto verá que el odio o el menosprecio fueron la causa de la ruina de los emperadores que he mencionado. Sabrá también por qué, tras haber obrado de cierto modo una parte de ellos, y del modo contrario la otra, sólo uno, siguiendo esta o aquella vía, tuvo un dichoso fin, mientras que los demás no hallaron más que un fin desastroso. Se comprenderá por qué Pertinax y Alejandro Severo quisieron imitar a Marco Aurelio no sólo en balde, sino también con perjuicio suyo, en atención a que el último reinaba por derecho hereditario y los dos primeros no eran más que príncipes nuevos. Aquella pretensión que Caracalla, Cómodo y Maximino tuvieron de imitar a Septimio Severo les fue igualmente adversa, porque no estaban adornados del suficiente valor para seguir sus huellas en todo.

Así pues, un príncipe nuevo en un principado nuevo no puede sin peligro alguno imitar las acciones de Marco Aurelio, y no le es indispensable imitar las de Septimio Severo. Debe tomar de éste cuantos precedentes le sean necesarios para fundar bien su Estado, y de Marco Aurelio lo que hubo, en su conducta, de conveniente y glorioso para conservar un Estado ya fundado y asegurado.

CAPÍTULO XX

DE SI LAS FORTALEZAS Y OTRAS MUCHAS COSAS QUE LOS PRÍNCIPES HACEN FRECUENTEMENTE SON ÚTILES O PERNICIOSAS [47]

P ara conservar con seguridad sus Estados algunos príncipes creyeron que era su deber desarmar a sus vasallos y otros varios engendraron divisiones en los países que les estaban sometidos. Algunos mantuvieron en ellos enemistades contra sí mismos y otros se dedicaron a ganarse a los hombres que les eran sospechosos, al principio de su reinado. Por último, algunos construyeron fortalezas en sus dominios y otros demolieron y arrasaron las ya existentes. Aunque no es posible dar una regla fija sobre todas estas cosas, a no ser que se llegue a contemplar en particular alguno de los Estados en que hubiera de tomarse una determinación de esta especie, sin embargo hablaré de ello según el modo extenso y general que la materia misma permita.

No hubo nunca príncipe nuevo alguno que desarmara a sus gobernados. Al revés, cuando los halló desarmados, los armó siempre él mismo. Si obras así, las armas de tus gobernados se convierten en las tuyas propias, los que eran sospechosos se vuelven fieles, los que eran fieles se mantienen en su fidelidad, y los que no eran más que sumisos se transforman en partidarios

---

47 La rápida lectura de este capítulo nos advierte de cuánto le sugiere al autor la inmediata experiencia histórica de Italia, y a la vez de cuán presente está en su pensamiento aquel principio suyo de «obrar con los medios adecuados según las circunstancias».

de tu reinado. Pero como no puedes armar a todos tus súbditos, aquéllos a quienes armas reciben realmente un favor de ti y puedes obrar, entonces, con mayor seguridad respecto a los otros. Esta distinción, de la que se reconocen deudores a ti, te apega los primeros, y los otros te disculpan, juzgando que es menester, ciertamente, que aquéllos tengan más mérito que ellos mismos, puesto que los expones a más peligros y a ellos no les haces contraer más obligaciones.

Cuando desarmas a todos tus gobernados, empiezas ofendiéndolos, puesto que manifiestas que desconfías de ellos, sospechándolos capaces de cobardía o de poca fidelidad. Una u otra de ambas opiniones que te supongan ellos con respecto a sí mismos engendra odio contra ti en sus almas. Como no puedes permanecer desarmado, estás obligado a valerte de la tropa mercenaria cuyos inconvenientes he dado a conocer. Pero aun cuando fuera buena la tropa que tomaras, no puede serlo bastante como para defenderte al mismo tiempo de los enemigos poderosos que tuvieras en el exterior y de aquellos gobernados que te causan sobresaltos en el interior. Por esto, como he dicho, todo príncipe nuevo en su soberanía nueva se formó siempre una tropa suya. Nuestras historias presentan innumerables ejemplos de ello.

Pero cuando un príncipe adquiere un Estado nuevo con respecto a aquél en cuya posesión estaba ya, y este nuevo Estado se hace miembro de su antiguo principado, es menester, entonces, que semejante príncipe le desarme, y no deje armados en él más que a los hombres que, en el acto y momento de la adquisición, se declararon abiertamente partidarios suyos. Pero aun con respecto a aquellos mismos debes, con el tiempo, y aprovechándote de las ocasiones propicias, debilitar su belicoso genio y hacerlos afeminados. En una palabra, es menester que obres de modo que todas las armas de tu Estado permanezcan en poder de los soldados que te pertenecen a ti solo, y que viven, de mucho tiempo atrás, en tu antiguo Estado al lado de tu persona.

Nuestros antepasados florentinos, y sobre todo los que fueron alabados como sabios, tenían costumbre de decir que si para conservar Pisa era necesario tener en ella fortalezas, convenía, para tener Pistoya, fomentar allí algunas facciones. Y por esto, en algunos distritos de su dominio mantenían ciertas contiendas que les hacían efectivamente más fácil su posesión.

Esto podía convenir en un tiempo en que había cierto equilibrio en Italia, pero no parece que este método pueda ser bueno hoy día, porque no creo que las divisiones en una ciudad proporcionen jamás bien alguno. Además, es imposible que, a la llegada de un enemigo, las ciudades así divididas no se pierdan al punto, porque, de los dos partidos que encierran, el más débil se unirá siempre con las fuerzas que ataquen, y el otro, con ello, no se bastará ya para resistir.

Determinados, a mi entender, por las mismas consideraciones que nuestros antepasados, los venecianos mantenían en las ciudades de su dominio las facciones de los güelfos y los gibelinos y, aunque no dejaban propagar sus pendencias hasta el grado de la efusión de sangre, alimentaban, sin embargo, entre ellas su espíritu de oposición, a fin de que ocupados en sus contiendas los que eran partidarios de una u otra no se sublevaran contra ellos. Pero se vio que esta estratagema no se convertía en beneficio suyo cuando fueron derrotados en Vaila, porque una parte de estas facciones tomó aliento entonces y les quitó sus dominios de tierra firme.

Semejantes medios dan a conocer que el príncipe tiene alguna debilidad, ya que nunca en un principado vigoroso se tomará uno la libertad de mantener tales divisiones. Son provechosas sólo en tiempo de paz, porque se puede dirigir entonces, por su medio, más fácilmente a los súbditos; pero si la guerra sobreviene, esta estratagema misma muestra su debilidad y sus peligros.

Es incontestable que los príncipes son grandes cuando superan las dificultades y resistencias que se les oponen. Pues bien, la fortuna, cuando quiere elevar a un príncipe nuevo, que tiene mucha más necesidad que un príncipe hereditario de adquirir fama, le suscita enemigos y lo inclina a varias empresas contra ellos a fin de que tenga ocasión de triunfar, y con la escalera que en cierto modo por ellos se le concede, suba más arriba. Por esto piensa mucha gente que un príncipe sabio debe, siempre que le es posible, proporcionarse, con arte, algún enemigo a fin de que atacarlo y reprimirlo redunde en un aumento de grandeza para él mismo.

Los príncipes, y en especial los nuevos, hallaron después en aquellos hombres que al principio de su reinado les eran sospechosos más fidelidad y provecho que en aquéllos en quienes, al empezar, ponían toda su confianza. Pandolfo Petrucci, príncipe de Siena, se servía en el gobierno de su Estado mucho más de los que le habían sido sospechosos que de los que no lo habían sido jamás. Pero no puede darse sobre este particular una regla general, porque los casos no son siempre los mismos. Me limitaré, pues, a decir que si aquellos hombres que en el inicio de un principado eran enemigos del príncipe no son capaces de mantenerse en oposición sin necesitar de apoyos, el príncipe fácilmente podrá ganárselos. Estarán después tanto más precisados a servirlo con fidelidad cuanto que conocerán cuán necesario les es borrar con sus acciones la siniestra opinión que de ellos tenía formada el príncipe. Así pues, obtendrá siempre más utilidad de esta gente que de aquellos sujetos que, sirviéndole con mucha tranquilidad, no pueden por menos de descuidar los intereses del príncipe.

Puesto que lo exige la materia, no quiero omitir el recuerdo del príncipe que adquirió nuevamente un Estado con el favor de algunos ciudadanos que debe considerar muy bien el motivo que los inclinó a favorecerlo. Si ellos lo hicieron no por un afecto natural a su persona, sino tan sólo a causa de que no estaban contentos con el gobierno que tenían, no podrá semejante príncipe conservarlos por amigos más que con sumo trabajo y dificultades, porque le resulta imposible contentarlos. Si se discurre sobre esto con arreglo a los ejemplos antiguos y modernos, se verá que es más fácil ganar la amistad de los hombres que se contentaban con el anterior gobierno, aunque no gustaban de él, que la de aquellos hombres que, no estando contentos, se volvieron, por este único motivo, amigos del nuevo príncipe y lo ayudaron a apoderarse del Estado.

Los príncipes que querían conservar con mayor seguridad el suyo tuvieron costumbre de construir fortalezas que sirviesen de rienda y freno a cualquiera que concibiera designios contra ellos, así como de seguro refugio a sí mismos en el primer asalto de una rebelión. Alabo esta precaución, puesto que la practicaron nuestros mayores.[48] Sin embargo, en nuestro tiempo, se

---

48 El problema de la utilidad o no de las fortificaciones interesaba mucho en época de Maquiavelo por la modificación que introducían las armas de fuego en las tácticas guerreras, ya que las fortalezas perdían razón de ser ante el creciente empleo de la artillería.

vio a micer Niccolò Vitelli demoler dos fortalezas en Città di Castello para conservarla. Habiendo vuelto Guido Ubaldo, duque de Urbino, a su Estado, del que le había echado César Borgia, arrasó hasta los cimientos todas las fortalezas de esta provincia, ya que sin ellas conservaría más fácilmente aquel Estado y era más difícil quitárselo otra vez. Al entrar de nuevo en Bolonia los Bentivoglio, procedieron del mismo modo.

Las fortalezas son útiles o inútiles según los tiempos, y si te proporcionan algún beneficio bajo un aspecto te perjudican bajo el otro. Puede reducirse la cuestión a estos términos: el príncipe que tiene más miedo de su pueblo que de los extranjeros debe construirse fortalezas, pero el que teme más a los extranjeros que a su pueblo debe pasar sin esta defensa. El castillo que Francesco Sforza se hizo en Milán atrajo y atraerá más guerras a la familia de los Sforza que ningún otro desorden posible en este Estado. La mejor fortaleza que puede haber es no ser aborrecido de su pueblo.[49] Aun cuando tuvieras fortalezas, si el pueblo te aborrece éstas no podrán salvarte, porque si él toma las armas contra ti no le faltarán extranjeros que vengan a socorrerle.

No vemos que, en nuestro tiempo, las fortalezas se hayan convertido en provecho de ningún príncipe, excepto de la condesa de Forlì, tras la muerte de su esposo, el conde Girolamo. Le sirvió su ciudadela para evitar acertadamente el primer choque del pueblo, para esperar en seguridad algunos socorros de Milán y recuperar su Estado. Entonces no permitían las circunstancias que los extranjeros acudieran en socorro del pueblo. Pero en lo sucesivo, cuando César Borgia fue a atacar a esta condesa y su pueblo, al que ella tenía por enemigo, se reunió con el extranjero contra sí misma, le fueron casi inútiles sus fortalezas. Entonces, e incluso antes, le hubiera valido más a la condesa no ser aborrecida por el pueblo que tener aquéllas. Bien consideradas todas estas cosas, alabaré tanto al que haga fortalezas como al que no las haga, pero censuraré al que, fiándose mucho de ellas, tenga por cosa de poca monta el odio de su pueblo.

---

49 El abolengo clásico de esta sentencia: *pero la migliore fortalessa que sia è non essere odiato dal populo*, que encontramos en Isócrates, Cicerón, Cornelio Nepote y Séneca.

CAPÍTULO XXI

CÓMO DEBE COMPORTARSE UN PRÍNCIPE PARA ADQUIRIR BUENA FAMA

Ninguna cosa granjea más estimación a un príncipe que las grandes empresas y las acciones raras y maravillosas. De ello nos presenta nuestra era un admirable ejemplo en Fernando V, rey de Aragón, y actualmente monarca de España. Podemos mirarlo casi como a un príncipe nuevo, porque de rey débil que era llegó a ser, por su fama y gloria, el primer rey de la cristiandad. Pues bien, si consideramos sus acciones las hallaremos sumamente grandes todas, y aun algunas nos parecerán extraordinarias. Al comenzar su reinado asaltó el reino de Granada, y esta empresa sirvió de fundamento a su grandeza. La acometió, desde luego, sin discusiones ni miedo de hallar estorbo para ello, en cuanto su primer cuidado había sido tener ocupado en esta guerra el ánimo de los nobles de Castilla. Al hacerlos pensar incesantemente en ella, los distraía de discurrir en maquinar innovaciones durante este tiempo; de este modo adquiría sobre ellos, sin que lo advirtiesen, mucho dominio y se proporcionaba una suma estimación. Pudo, en seguida, con el dinero de la Iglesia y del pueblo, mantener ejércitos y formarse, por medio de esta larga guerra, una buena tropa, que acabó atrayéndole mucha gloria. Además, alegando siempre el pretexto de la religión para poder realizar mayores empresas, recurrió al expediente de una crueldad devota y expulsó a los judíos de su reino, que con ello quedó libre de su presencia. No puede decirse cosa alguna más cruel, y a la vez más extraordinaria, que lo que él realizó en esta ocasión. Bajo esta misma capa de religión se dirigió después de esto contra África, emprendió su conquista de Italia y acaba de atacar recientemente a Francia. Realizó siempre grandes cosas que llenaron de admiración a su pueblo, y tuvieron preocupados sus ánimos con los resultados que podían tener. Hizo engendrarse sus empresas de tal modo unas tras otras que ellas no dieron jamás a sus gobernados lugar para respirar ni para poder urdir ninguna trama contra él.

Es también un recurso muy provechoso para un príncipe imaginar cosas singulares en el gobierno interior de su Estado, como las que se cuentan de micer Bernabò Visconti de Milán.[50] Cuando una persona emprende, en el orden civil, una acción nada frecuente, tanto en bien como en mal, es menester hallar, con el fin de premiarla o castigarla, un modo notable que dé al público amplia materia de hablar. En una palabra, el príncipe debe, ante todo, ingeniárselas para que cada una de sus acciones se dirija a proporcionarle la fama de gran hombre, y de príncipe de ingenio superior.

Se estima también cuán resueltamente es amigo o enemigo de los príncipes inmediatos; es decir, cuando sin timidez se declara en favor de uno o en contra de otro. Esta resolución es siempre más útil que la de permanecer neutral, porque cuando dos potencias de tu vecindad se declaran entre sí la guerra, o son tales que si una llega a vencer tengas fundamento para temerla después, o bien ninguna de ellas es capaz de infundirte semejante temor. Pues bien, en uno y otro caso, te será siempre más útil declarar y hacer tú mismo una guerra franca. En el primero, si no te declaras serás siempre el despojo del que haya triunfado, y el vencido experimentará gusto y contento con ello. No tendrás, entonces, a ninguno que se compadezca de ti ni que venga a socorrerte, y ni aun que te dé asilo. El que ha vencido no quiere amigos sospechosos que no lo auxilien en la adversidad. El vencido

___
50 Bernabò Visconti fue señor de Milán desde 1354 a 1355, en que fue aprisionado y envenenado por su sobrino Gian Galeazzo, primer duque de Milán.

no te acogerá, puesto que no quisiste tomar las armas para socorrer los albures de su fortuna.[51]

Habiendo pasado Antíoco a Grecia, adonde lo llamaban los etolios para expulsar de allí a los romanos, envió un embajador a los aqueos para inducirlos a permanecer neutrales, mientras rogaban los romanos que se armasen en favor suyo. Esto fue materia de una deliberación en el consejo de los aqueos. Insistía el enviado de Antíoco para que se pronunciasen por la neutralidad, pero el diputado de los romanos, que se hallaba presente, lo refutó del siguiente tenor: «Os dicen que el partido más sabio para vosotros y más útil para vuestro Estado es que no toméis parte en la guerra que hacemos. Os engañan. No podéis tomar resolución ninguna más opuesta a vuestros intereses, porque si no tomáis parte ninguna en nuestra guerra, privados vosotros, entonces, de toda consideración e indignos de toda gracia, serviréis como premio infaliblemente al vencedor.»

Juzga bien que el que te pide la neutralidad jamás es amigo tuyo; por el contrario, lo es quien solicita que te declares en favor suyo y tomes las armas en defensa de su causa. Los príncipes irresolutos que quieren evitar los peligros del momento los atrasan con mayor frecuencia por la vía de la neutralidad, pero también con la mayor frecuencia caminan hacia su ruina. Cuando el príncipe se declara generosamente en favor de una de las potencias contendientes, si aquélla a la que se une triunfa, triunfa con ella. Y aun cuando él quedara a su discreción y ella tuviera gran fuerza, no tendrá que temerla, porque le debe algunos favores y le habrá cogido amor. Los hombres no son nunca lo bastante desvergonzados como para dar ejemplo de la enorme ingratitud que habría en oprimirte en semejante caso. Por otra parte, las victorias no son jamás tan prósperas que dispensen al vencedor de tener algún miramiento contigo, y particularmente algún respeto a la justicia. Si, por el contrario, aquél con quien te unes es vencido, serás bien visto por él. Siempre que tenga la posibilidad de ello

---

51 Además de las alianzas, el problema de la neutralidad fue, para Maquiavelo, objeto de gran meditación. Éste le sugerirá el principio expuesto aquí, que ilustra luego en la larga carta escrita a Francesco Vettori el 20 de diciembre de 1520: «Quien permanece neutral se atrae el odio del que pierde y el desprecio del que vence».

irá en tu socorro y será el compañero de tu fortuna, que puede mejorarse algún día.

En el segundo caso, es decir, cuando las potencias que luchan una contra otra son tales que no tengas que temer nada de la que triunfe, cualquiera que sea, es tanto más prudente en unirte a una de ellas cuanto por este medio concurres a la ruina de la otra con la ayuda de aquella misma que —si ella fuera prudente— debería salvarla. Es imposible que con tu socorro ella no triunfe, y su victoria entonces no puede menos de ponerla a tu discreción.

Es necesario notar aquí que un príncipe, cuando quiere atacar a otros, debe cuidar siempre de no asociarse con un príncipe más poderoso que él, a no ser que la necesidad le obligue a ello, como he dicho antes, porque si éste triunfa queda esclavo suyo de alguna manera. Así, los príncipes deben evitar, cuanto les sea posible, quedar a disposición de los otros. Los venecianos se ligaron con los franceses para luchar contra el duque de Milán, y esta confederación, de la que ellos podían excusarse, causó su ruina. Pero si uno no puede excusarse de semejantes ligas, como sucedió con los florentinos cuando el papa y España fueron, con sus ejércitos reunidos, a atacar Lombardía, entonces, por las razones ya dichas, el príncipe debe unirse con los otros.

Que ningún Estado, por lo demás, crea poder nunca, en semejante circunstancia, tomar una resolución segura; que piense, por el contrario, en que no puede tomarla más que dudosa, porque es conforme al ordinario curso de las cosas que no trate uno de evitar nunca un inconveniente sin caer en otro. La prudencia consiste en saber conocer su respectiva calidad y tomar por bueno el partido menos malo.

Un príncipe debe manifestarse también amigo generoso de los talentos y honrar a todos aquellos gobernados suyos que sobresalen en cualquier arte. En consecuencia, debe estimular a los ciudadanos el ejercicio pacífico de su profesión, ya sea en el comercio, ya en la agricultura, ya en cualquier otro oficio; y obrar de modo que, por temor de verse quitar el fruto de sus tareas, no se abstenga nadie de enriquecer con ello su Estado, o que por temor a los tributos, no resulten disuadidos de abrir un nuevo comercio. Al contrario, debe preparar algunos premios para cualquiera que haga establecimientos útiles y para el que piense, sea del modo que sea, en multiplicar los recursos de su ciudad y Estado. Su obligación es, además, distraer con fiestas y espectáculos a su pueblo en aquel tiempo del año en que conviene que los haya. Como toda ciudad está dividida o bien en gremios de oficios o bien en tribus, debe tener atenciones con estos cuerpos, reunirse a veces con ellos, y dar allí ejemplos de humanidad y munificencia conservando, sin embargo, de un modo inalterable la majestad de su clase. Este cuidado debe ser tanto más necesario cuanto que estos actos de popularidad no se hacen nunca sin que se humille de algún modo su dignidad.

CAPÍTULO XXII

DE LOS SECRETARIOS DE LOS PRÍNCIPES [52]

No carece de importancia para un príncipe la buena elección de sus ministros, los cuales son buenos o malos según la prudencia del príncipe. El primer juicio que hacemos, desde luego, sobre un príncipe y sobre su espíritu no es más que conjetura, pero lleva siempre por fundamento legítimo la reputación de los hombres de que este príncipe se rodea. Cuando ellos son de suficiente capacidad y se manifiestan fieles, podemos tenerlo por prudente, porque ha sabido reconocerlos bastante bien y sabe mantenerlos fieles a su persona. Pero cuando son de otro modo, podemos formar sobre él un juicio poco favorable, porque ha comenzado con una falta grave tomándolos así. No había ninguno que, al ver a micer Antonio de Venafro hecho ministro de Pandolfo Petrucci, príncipe de Siena, no juzgara que Pandolfo era un hombre prudentísimo, por el solo hecho de haber tomado por ministro a Antonio. [53]

Pero es necesario saber que hay entre los príncipes, como entre los demás hombres, tres especies de cerebros. Unos imaginan por sí mismos;

---

52 Maquiavelo trata aquí del modo de elegir a los colaboradores y de las cualidades que éstos han de tener; capítulo que, por otra parte, es obligado en todo manual que trate sobre la educación del príncipe.

53 Se trata del ministro Antonio Giordani (1459-1530); según Maquiavelo, fue el verdadero mentor de Pandolfo Petrucci.

los segundos, poco acomodados para inventar, cogen con sagacidad lo que otros les muestran, y los terceros no conciben nada por sí mismos ni por los discursos ajenos. Los primeros son ingenios superiores; los segundos, excelentes talentos, y los terceros son como si no existieran. Si Pandolfo no era de la primera especie, era menester, pues, necesariamente que perteneciera a la segunda. Por esto, sólo con que un príncipe, aun sin poseer ingenio inventivo, esté dotado del suficiente juicio para discernir lo bueno y lo malo que otro hace y dice, reconoce las buenas y malas acciones de su ministro, sabe distinguir las primeras, corregir las segundas, y al no poder su ministro concebir esperanzas de engañarlo, se mantiene íntegro, prudente y fiel.

Pero ¿cómo conoce un príncipe si su ministro es bueno o malo? He aquí un medio que no induce jamás a error. Cuando ves a tu ministro pensar más en sí que en ti, y que en todas sus acciones busca su provecho personal, puedes estar persuadido de que este hombre jamás te servirá bien. No podrás estar jamás seguro de él, porque falta a la primera de las máximas morales de su condición. Esta máxima es que el que maneja los negocios de un Estado no debe nunca pensar en sí mismo sino en el príncipe, ni recordarle jamás cosa alguna que no se refiera a los intereses de su principado. Pero también, por otra parte, el príncipe, a fin de conservar a un buen ministro y sus buenas y generosas disposiciones, debe pensar en él, rodearlo de honores, enriquecerlo y atraérselo, por el reconocimiento, con las dignidades y los cargos que le confiera. Los grados honoríficos y las riquezas que le concede colman los deseos de su ambición y los importantes cargos de que éste se halla provisto le hacen temer que el príncipe sea mudado de su lugar, porque conoce bien que no puede mantenerse en aquéllos más que con él. Así pues, cuando el príncipe y el ministro están conformes y se portan de este modo pueden confiar el uno en el otro; pero si no lo están, uno y otro acaban siempre mal.

CAPÍTULO XXIII

CÓMO SE DEBE APARTAR DE LOS ADULADORES

No quiero pasar en silencio sobre un punto importante, que consiste en un error del que se preservan los príncipes difícilmente cuando no son muy prudentes o carecen de un tacto fino y juicioso. Este error es el de los aduladores, de los que están llenas las cortes, pero se complacen tanto los príncipes en lo que ellos mismos hacen —y en ello se engañan con tan natural propensión— que únicamente con dificultad pueden preservarse contra el contagio de la adulación. Además, cuando quieren librarse de ella, corren peligro de caer en el menosprecio.

No hay otro medio de preservarte del peligro de la adulación que hacer comprender a los sujetos que te rodean que no te ofenden cuando te dicen la verdad. Pero si cada uno puede decírtela, entonces te faltarán al respeto. Para evitar este peligro, un príncipe dotado de prudencia debe seguir un curso medio, escogiendo en su Estado algunos sujetos sabios con los cuales acuerde la libertad de decirle la verdad, únicamente sobre la cosa por cuyo motivo él les pregunte y sobre ninguna otra; pero debe hacerles preguntas sobre todas, oír sus opiniones, deliberar después por sí mismo y obrar, al fin, como lo tenga por prudente. Es necesario que su conducta con sus consejeros reunidos, y con cada uno de ellos en particular, sea tal que cada uno conozca que, con cuanta mayor libertad se le hable, tanto más se

le agradecerá. Pero, excepto éstos, debe negarse a oír los consejos de cualquier otro, hacer en seguida lo que ha resuelto por sí mismo y manifestarse tenaz en sus determinaciones. Si el príncipe obra de diferente modo, la diversidad de pareceres lo obligará a variar con frecuencia, de lo cual resultará que harán muy corto aprecio de él. Quiero presentar, sobre este particular, un ejemplo moderno. El reverendo Luca, deudo de Maximiliano, actual emperador, dijo hablando de él que «su majestad no tomaba consejo de nadie y, sin embargo, no hacía nunca nada a su gusto». Esto proviene de que Maximiliano sigue un rumbo contrario al que he indicado.[54] El emperador es un hombre misterioso que no comunica sus designios a ninguno ni toma jamás parecer de nadie, pero cuando se pone a ejecutarlos y se empieza a vislumbrarlos y descubrirlos, los sujetos que lo rodean se ponen a contradecirle y desiste fácilmente de ellos. De esto resulta que las cosas que un día hace las deshace al siguiente, que no se prevé nunca lo que quiere hacer ni lo que proyecta, y que no es posible contar con sus determinaciones.

Si bien un príncipe debe hacerse dar consejos sobre todos los negocios, no debe recibirlos más que cuando el negocio agrada a sus consejeros. Aun debe quitarle a cualquiera las ganas de aconsejarlo sobre cosa alguna a no ser que él lo solicite. Pero debe frecuentemente, y sobre todos los negocios, pedir consejo, oír en seguida con paciencia la verdad sobre las preguntas que ha hecho, desear además que ningún motivo de respeto sirva de estorbo para decírsela y no desazonarse nunca cuando la oye. Los que piensan que un príncipe que se hace estimar por su prudencia no debe ésta a sí mismo sino a la sabiduría de los consejeros que le circundan, se engañan muy ciertamente. Para juzgar de esto hay una regla general que jamás nos induce a error: un príncipe que no es prudente por sí mismo no puede ser bien aconsejado a no ser que, por casualidad, se deje guiar por un sujeto único que le gobernara en todo y fuera habilísimo, en cuyo caso podría gobernarse bien el príncipe; pero esto no duraría mucho tiempo, porque este conductor mismo le quitaría en breve tiempo su Estado. En cuanto al príncipe que pasa consulta con muchos y no tiene gran prudencia por sí mismo, como no

---

54 Se trata del obispo Luca Rinaldi, hombre de confianza y embajador de Maximiliano a quien Maquiavelo debió de tratar en 1508.

reciba jamás pareceres que concuerden no sabrá conciliarlos. Cada uno de sus consejeros pensará en sus propios intereses y el príncipe no sabrá corregirlos y ni aun advertirlo. No es apenas posible hallar dispuestos de otro modo a los ministros, porque los hombres son siempre malos, a no ser que los impulsen a ser buenos.

Concluyamos, pues, que conviene que los buenos consejos, de cualquier parte que vengan, dimanen de la prudencia del príncipe, y no que ésta proceda de los buenos consejos que recibe.

CAPÍTULO XXIV

POR QUÉ ALGUNOS PRÍNCIPES DE ITALIA PERDIERON SUS ESTADOS [55]

E l príncipe nuevo que siga con prudencia las reglas que acabo de exponer tendrá la consistencia de uno antiguo, y rápidamente estará más seguro en su Estado que si lo poseyera desde hace un siglo. Siendo un príncipe nuevo, mucho más observado en sus acciones que otro hereditario, cuando las juzgamos grandes y magnánimas le ganan mucho mejor el afecto de sus gobernados y se los apegan mucho más que podrían hacerlo una sangre esclarecida mucho tiempo atrás, porque los hombres se ganan mucho menos con las cosas pasadas que con las presentes. Cuando hallan su provecho en éstas, se fijan en ellas sin buscar en otra parte. Más aún, abrazan del todo la causa de este nuevo príncipe con tal que, en lo restante de su conducta, no se falte a sí mismo. Así tendrá una doble gloria: la de haber dado origen a una nueva soberanía y la de haberla adornado y corroborado con buenas leyes, buenas armas, buenos amigos y buenos ejemplos. Así tendrá una doble afrenta el que, habiendo nacido príncipe, haya perdido su Estado por su poca prudencia. Si estudiamos la vida de aquellos príncipes de Italia que en nuestros tiempos perdieron sus Estados, como el rey de Nápoles, el duque de Milán y algunos otros, se reconocerá, desde luego, que todos ellos cometieron la

---

55 Inicia aquí Maquiavelo las consideraciones finales de su obra, reiterando temas ya tratados con anterioridad. A modo de advertencia, última los ofrece en apretada síntesis.

misma falta en lo concerniente a las armas, según hemos explicado extensamente. Se notará después que uno de ellos tuvo por enemigo a su pueblo, o que el que tenía por amigo al pueblo no tuvo la astucia de resguardarse de los grandes. Sin estas faltas, los Estados que presentan bastantes recursos para que uno pueda tener ejércitos en campaña no se pierden.[56] Filipo de Macedonia, no el que fue padre de Alejandro sino el vencido por Tito Quincio, no tenía un Estado mayor que el de los romanos y griegos que lo atacaron juntos. Sin embargo, sostuvo durante muchos años la guerra contra ellos porque era belicoso y sabía no menos contener a su pueblo que protegerse de los grandes. Si al cabo perdió la soberanía de algunas ciudades le quedó, sin embargo, su reino.

Aquellos príncipes nuestros que después de haber ocupado algunos Estados durante muchos años los perdieron, acusen de ello a su cobardía y no a la fortuna. Como en tiempo de paz no habían pensado nunca que pudieran mudarse las cosas (porque es un defecto común a todos los hombres no inquietarse de las borrascas cuando están en bonanza), sucedió que después, cuando llegaron los tiempos adversos, no pensaron más que en huir en vez de en defenderse, esperando que, fatigados sus pueblos con la insolencia del vencedor, no dejarían de llamarlos otra vez.

Este partido es bueno cuando faltan otros, pero haber abandonado los otros remedios por éste es cosa malísima, porque un príncipe no debería caer nunca por haber creído hallar después a alguien que le llamara de nuevo. Esto no sucede, o si sucede no hallarás seguridad en ello, porque esta especie de defensa es vil y no depende de ti. Las únicas defensas buenas, ciertas y duraderas, son las que dependen de ti mismo y de tu propia virtud.

---

56 Maquiavelo se refiere aquí al duque de Milán, Ludovico Sforza, conocido como el Moro, que fue expulsado de Milán por el avance de las tropas de Luis XII en 1499.

CAPÍTULO XXV

DE LO QUE INFLUYE LA FORTUNA EN LAS COSAS HUMANAS Y CÓMO RESISTIRSE A ELLA CUANDO ES CONTRARIA [57]

No ignoro que muchos creyeron y creen que la fortuna y Dios gobiernan de tal modo las cosas de este mundo que los hombres con su prudencia no pueden corregir lo que tienen de adverso, así como que no hay remedio ninguno que oponerles. Con arreglo a esto podrían opinar que es vano fatigarse mucho en semejantes ocasiones, y que conviene dejarse gobernar entonces por la suerte. Esta opinión está bien acreditada en nuestro tiempo, a causa de las grandes mudanzas que, fuera de toda conjetura humana, se vieron y se ven cada día. Reflexionándolo yo mismo, de cuando en cuando, me incliné en cierto modo hacia esta opinión; sin embargo, no estando anonadado nuestro libre albedrío, juzgo que puede ser verdad que la fortuna sea el árbitro de la mitad de nuestras acciones, pero también es cierto que ella nos deja gobernar la otra, o al menos siempre alguna parte.[58] La comparo con un río peligroso que, cuando se embravece, inunda las llanuras, echa por tierra los árboles y edificios, quita el terreno de un paraje

---

57 Trata en este capítulo de la fortuna, *arbitra della metà delle azione nostre.* Para él no es aquella divinidad clásica que altera a capricho el curso de los acontecimientos humanos, como tampoco el instrumento de la voluntad divina mostrado por Dante como dispensador de bienes terrenales.

58 Para Maquiavelo es indiscutible la existencia del libre albedrío, si bien no entiende este concepto en el sentido tradicional. No es tanto capacidad de la razón para iluminar las decisiones de la voluntad cuanto posibilidad simple de acción desenfrenada, voluntad que se proyecta sin causa.

para llevarlo a otro. Cada uno huye a su vista, todos ceden a su furia sin poder resistirle. Y, sin embargo, por más formidable que sea su naturaleza, no por ello sucede menos que los hombres, cuando están serenos los temporales, pueden tomar precauciones contra semejante río, haciendo diques y murallas de modo que cuando crece de nuevo está forzado a correr por un canal, o que al menos el ímpetu de sus aguas no sea tan licencioso ni perjudicial. Sucede lo mismo con respecto a la fortuna: no ostenta su dominio más que cuando no encuentra una virtud preparada para resistirla, porque cuando la encuentra, vuelve su violencia hacia la parte en que sabe que no hay diques ni otras defensas capaces de contenerla.

Si consideramos a Italia, teatro de estas revoluciones y receptáculo que les da impulso, veremos que es una campiña sin diques ni otra defensa. Si hubiera estado preservada con la conveniente virtud, como lo están Alemania, España y Francia, la inundación de las tropas extranjeras que sufrió no hubiera ocasionado las grandes mudanzas que experimentó, o ni aun hubiera ocurrido. Baste esta reflexión para lo concerniente a la necesidad de oponerse a la fortuna en general.

Restringiéndome más a varios casos particulares, digo que se observa a cierto príncipe que ayer prosperaba caer hoy, sin que se le haya visto de manera alguna mudar de genio ni propiedades. Esto dimana, en mi creencia, de las causas que he explicado antes con harta extensión cuando he dicho que el príncipe que no se apoya más que en la fortuna cae según varía ella. Creo también que es dichoso aquél cuyo modo de proceder se halla en armonía con la calidad de las circunstancias, y que no puede por menos de ser desgraciado aquél cuya conducta está en discordia con los tiempos. Se ve, en efecto, que los hombres —en las acciones que los conducen al fin que cada uno de ellos se propone— proceden diversamente: uno con circunspección, otro con impetuosidad; éste con violencia, aquél, con maña; uno, con paciencia, y otro, con una contraria disposición; y cada uno, sin embargo, por estos medios diversos puede conseguir su propósito. Se ve también que, de dos hombres moderados, uno logra su fin y el otro no; que, por otra parte, otros dos, uno de los cuales es violento y otro moderado, tienen igualmente acierto con dos recursos diferentes, análogos a la diversidad de su respectivo genio. Lo cual no dimana de otra cosa más que de la calidad de los tiempos que concuerdan o no con su modo de obrar.[59] De ello resulta lo que he dicho, a saber: que dos hombres, obrando diversamente, logran un mismo efecto, y que, de otros dos que obran del mismo modo, uno consigue su fin y otro no lo logra. De esto depende también la variación de su felicidad porque si, para el que se conduce con moderación y paciencia, los tiempos y las cosas se vuelven de modo que su gobierno sea bueno, prospera él; pero si varían los tiempos y las cosas, obra su ruina porque no muda de modo de proceder. Mas no hay hombre alguno, por más dotado de prudencia que esté, que sepa concordar bien sus procederes con los tiempos, ya sea porque no le es posible desviarse de la propensión a que su naturaleza le inclina, ya también porque habiendo prosperado siempre caminando por una senda no puede persuadirse de que obrará bien en desviarse de ella. Cuando ha llegado, para el hombre moderado, el tiempo de obrar con impetuosidad, no sabe hacerlo, y resulta de ello su ruina. Si mudara de naturaleza con los tiempos y las cosas no mudaría su fortuna.

El papa Julio II procedió con impetuosidad en todas sus acciones y halló los tiempos y las cosas tan conformes con su modo de obrar que logró acertar siempre. Considérese la primera empresa que hizo contra Bolonia, en vida todavía de micer Giovanni Bentivoglio: la vieron los venecianos con disgusto y el rey de España, como también el de Francia, estaban deliberando todavía sobre lo que harían en este asunto cuando Julio, con su valentía e impetuosidad, fue él mismo en persona a esta expedición. Este paso dejó suspensos e inmóviles a España y a los venecianos: a éstos, por miedo, y a aquéllos, por la gana de recuperar el reino de Nápoles. Por otra parte, atrajo a su partido al rey de Francia, quien, al verlo en movimiento y desear que él se le uniese para abatir a los venecianos, juzgó que no podría negarle sus tropas sin hacerle una ofensa formal. Así pues, Julio, con la impetuosidad de su paso, tuvo acierto en una empresa que otro pontífice, con toda la prudencia humana, no hubiera podido dirigir nunca. Si para partir de Roma hubiera aguardado hasta haber fijado sus determinaciones y ordenado todo

---

59   Uno de los requisitos fundamentales de la gestión fecunda y provechosa es, para Maquiavelo, que se corresponda el modo del proceder con la *qualità de tempi*.

lo necesario, como lo hubiera hecho cualquier otro papa, no hubiera tenido jamás un feliz éxito, porque el rey de Francia le habría presentado mil disculpas, y los otros le habrían infundido mil temores nuevos. Me abstengo de examinar las demás acciones suyas, las cuales todas son de esta especie, y se coronaron con el triunfo. La brevedad de su pontificado no le dejó lugar para experimentar lo contrario, que sin duda le habría acaecido, porque si hubiera convenido proceder con circunspección él mismo habría labrado su ruina, porque no se habría apartado nunca de aquella atropellada conducta a la que su genio le inclinaba.

Concluyo, pues, que si la fortuna varía y los príncipes permanecen obstinados en su modo natural de obrar, serán felices, en verdad, mientras semejante conducta vaya acorde con la fortuna, pero serán desgraciados en cuanto sus habituales procederes se hallen discordes con ella. Pesándolo todo bien, sin embargo, creo juzgar sanamente diciendo que vale más ser impetuoso que circunspecto, porque la fortuna es mujer, y es necesario, por esto mismo, cuando queremos mantenerla sumisa, zurrarla y zaherirla. Se ve, en efecto, que se deja vencer más bien de los que la tratan así que de los que proceden tibiamente con ella. Por otra parte, como mujer, es amiga siempre de los jóvenes, porque son menos circunspectos, más iracundos y la gobiernan con más atrevimiento.

CAPÍTULO XXVI

EXHORTACIÓN PARA LIBRAR A ITALIA DE LOS BÁRBAROS [60]

T ras haber meditado sobre cuantas cosas acaban de exponerse, me he preguntado a mí mismo si ahora en Italia existen circunstancias tales para que un príncipe nuevo pueda adquirir en ella más gloria, y si se halla en la misma cuanto es menester para proporcionar al que la naturaleza hubiera dotado de una gran virtud y de una prudencia nada común la ocasión de introducir aquí una nueva forma que, honrándolo a él mismo, hiciera la felicidad de todos los italianos. La conclusión de mis reflexiones sobre esta materia es que tantas cosas me parecen concurrir en Italia al beneficio de un príncipe nuevo que no sé si habrá nunca un tiempo más proporcionado para esta empresa.

Si, como he dicho, era necesario que el pueblo de Israel estuviera esclavo en Egipto para que la valerosa virtud de Moisés tuviera la ocasión de manifestarse, que los persas se viesen oprimidos por los medos para que conociéramos la grandeza de Ciro, que los atenienses estuviesen dispersos para que Teseo pudiera dar a conocer su superioridad, del mismo modo,

---

60 Este capítulo final es, para el profesor C. Triantafillis, una apelación vehemente a Lorenzo de Médicis para que acaudille la causa de la liberación italiana y está inspirado en la *Oración a Filipo* de Isócrates. Villari no abunda en esta opinión y sostiene la originalidad de Maquiavelo. Burt cree que se trata de mera coincidencia.

para que estuviéramos hoy día en el caso de apreciar toda la virtud de un espíritu italiano, era menester que Italia se hallara postrada en el miserable punto en que está ahora, que fuera más esclava que lo eran los hebreos, más sujeta que los persas, más dispersa que los atenienses. Era menester que, sin jefe ni estatutos, hubiera sido vencida, despojada, despedazada, conquistada y asolada; en una palabra, que hubiera padecido calamidades de toda clase.

Aunque en los tiempos corridos hasta este día se haya percibido en este o aquel hombre algún indicio de inspiración que podía hacerle creer destinado por Dios para la redención de Italia, se vio, sin embargo, después que la fortuna le reprobaba en sus más sublimes acciones,[61] de modo que, permaneciendo Italia desfallecida, aguarda todavía a un salvador que la cure de sus heridas, ponga fin a los destrozos y saqueos de la Lombardía, a los pillajes y matanzas del reino de Nápoles; a un hombre, en fin, que cure a Italia de llagas inveteradas tanto tiempo ha. Vémosla rogando a Dios que le envíe a alguno que la redima de las crueldades y ultrajes que le hicieron los bárbaros. Por más abatida que esté, la vemos con disposición de seguir una bandera si hay alguno que la enarbole y la despliegue, pero en los actuales tiempos no vemos en quién podría poner ella sus esperanzas si no en vuestra muy ilustre casa. Vuestra familia, que su virtud y fortuna elevaron a los favores de Dios y de la Iglesia, a la que ella dio su príncipe, es la única que puede emprender nuestra redención. Esto no os será muy dificultoso si tenéis presentes en el ánimo las acciones y la vida de los insignes príncipes que he nombrado. Aunque los hombres de este temple hayan sido raros y maravillosos, no por ello fueron menos hombres, y ninguno de ellos tuvo tan bella ocasión como la del tiempo presente. Sus empresas no fueron más justas ni difíciles que ésta, y Dios no les fue más propicio que lo es a vuestra causa. Aquí hay una sobresaliente justicia, porque una guerra es legítima por el solo hecho de ser necesaria, y las guerras son actos de humanidad cuando ya no hay otra esperanza que ellas.[62] Aquí son grandísimas

---

61   Esta vaga alusión parece aludir al duque de Valentinois. Otros piensan que alude a Savonarola.

62   Se citan aquí, sin textos a la vista, las palabras puestas por Tito Livio en boca del general samnita Poncio. Aquí, en este pasaje, se quiere abordar un problema muy discutido en la época: bajo qué circunstancia puede considerarse justa una guerra.

las disposiciones de los pueblos y no puede haber mucha dificultad en ello cuando son grandes las disposiciones, con tal de que éstas abracen algunas de las instituciones de los que os he propuesto por modelos.

Prescindiendo de estos socorros, veis aquí sucesos extraordinarios y sin ejemplo, dirigidos patentemente por Dios mismo. El mar se abrió, una nube os mostró el camino, la peña abasteció de agua, aquí ha caído el maná del cielo: todo concurre al acrecentamiento de vuestra grandeza, lo demás debe ser obra vuestra. Dios no quiere hacerlo todo para no privarnos del uso de nuestro libre albedrío y quitarnos una parte de la gloria que de ello nos redundará.

¿No es una maravilla que hasta ahora ninguno de cuantos italianos he citado haya sido capaz de hacer lo que puede esperarse de vuestra esclarecida casa? Si en las numerosas revoluciones de Italia y en tantas maniobras guerreras pareció siempre que se había extinguido la antigua virtud militar de los italianos, provenía esto de que sus instituciones no eran buenas y que no había ninguno que supiera crear otras nuevas. Ninguna cosa concede tanto honor a un hombre recientemente elevado como las nuevas leyes, las nuevas instituciones imaginadas por él. Cuando están formadas sobre buenos fundamentos y tienen alguna grandeza en sí mismas, lo hacen digno de respeto y admiración.

Ahora bien, no falta en Italia cosa alguna material de lo que es necesario para introducir en ella formas de toda especie. Vemos en ella un gran valor, que aun cuando carecieran de él los jefes, quedaría muy eminente en los miembros. ¡Véase cómo en los desafíos y combates de un corto número los italianos se muestran superiores en fuerza, destreza e ingenio! Si no se manifiestan tales en los ejércitos, la debilidad de sus jefes es su única causa, porque los capaces no consiguen hacerse obedecer, y cada uno se cree capaz. No hubo, en efecto, hasta este día, ningún sujeto que se hiciera lo bastante eminente por su virtud y fortuna, para que los otros se sometiesen a él. De esto nace que durante tan largo transcurso de tiempo, y en tan crecido número de guerras, hechas durante los veinte últimos años, cuando hubo un ejército enteramente italiano se desgració siempre; como se vio en Taro y después en Alejandría, Capua, Génova, Vaila, Bolonia y Mestri.

Si, pues, vuestra ilustre casa quiere imitar a los varones insignes que libraron sus provincias, es menester ante todo (porque éste es el fundamento real de cada empresa) proveeros de ejércitos que sean vuestros únicamente; porque no puede tener uno soldados más fieles ni mejores que los suyos propios. Y aunque cada uno de ellos en particular sea bueno, todos juntos serán mejores cuando se vean mandados, honrados y mantenidos por su príncipe. Conviene, pues, proporcionarse semejantes ejércitos, a fin de poder defenderse de los extranjeros con un virtuoso valor enteramente italiano.

Aunque las infanterías suiza y española son tenidas por terribles, cuentan, sin embargo, una y otra con un gran defecto, a causa del cual una tercera clase de tropas podría no sólo resistirlas, sino también tener la confianza de vencerlas. Los españoles no pueden sostener los asaltos de la caballería, y los suizos deben tener miedo a la infantería cuando se encuentran con una que pelee con tanta obstinación como ellos. Por esto se vio y se verá, por experiencia, que los españoles no pueden resistir contra los esfuerzos de una caballería francesa, y que una infantería española abruma a los suizos. Aunque no se ha hecho por entero la prueba de esta última verdad, se vio, sin embargo, algo de esto en la batalla de Rávena, cuando la infantería española llegó a las manos con las tropas alemanas, que observaban el mismo método que los suizos, puesto que habiendo penetrado entre las picas de los alemanes los españoles, ágiles de cuerpo y defendidos con sus brazales, se hallaban seguros para herirlos, sin que ellos tuviesen medio de defenderse. Si no los hubiera embestido la caballería, ellos los habrían destruido a todos. De este modo, se puede después de haber reconocido el defecto de ambas infanterías, imaginar una nueva que resista a la caballería y no tenga miedo de los infantes, lo que no se logrará usando de esta o aquella nación de combatientes, sino cambiando el modo de combatir. Éstas son aquellas invenciones que, tanto por su novedad como por sus beneficios, dan reputación y proporcionan grandeza a un príncipe nuevo.

No es menester, pues, dejar pasar la ocasión del tiempo presente sin que Italia, después de tantos años de expectación, vea por último aparecer a su redentor. No puedo expresar con qué amor sería recibido en todas estas provincias que tanto sufrieron con la inundación de extranjeros. ¡Con qué sed de venganza, con qué inalterable fidelidad, con qué piedad y lágrimas sería acogido y seguido! ¡Ah! ¿Qué puertas podrían cerrársele? ¿Qué pueblos podrían negarle la obediencia? ¿Qué celos podrían manifestarse contra él? ¿Quién sería aquel italiano que pudiera no reverenciarle como a príncipe suyo, ya que tan repugnante le es, a cada uno de ellos, esta bárbara dominación del extranjero? Que vuestra ilustre casa abrace el proyecto de su restauración con todo el valor y la confianza que las empresas legítimas infunden. Por último, que bajo vuestra bandera se ennoblezca nuestra patria, y que bajo vuestros auspicios se verifique aquella predicción de Petrarca:

La virtud tomará las armas contra el furor, y el combate no será largo, porque la antigua valentía no está extinguida todavía en el corazón de los italianos.